Mareile Raphael

(Tier-)Liebe auf Rezept

W0318400

(Tier-) Liebe auf Rezept

Snowflakes at Christmas

Liebesroman

von Mareile Raphael

Band 7 der Snowflakes Romance
(eine gemeinsame Reihe von
Marit Bernson und Mareile Raphael
mit in sich abgeschlossenen Geschichten)

1. Auflage Oktober 2022
Copyright © Mareile Raphael
Covergestaltung: Benisa Werbung
(www.benisa-werbung.de)

Grafiken:
Hintergrund+Haus+Holzschild – © Can Stock Photo / almoond
Frau mit Katze – © Shutterstock / Pavlo Plakhotia
Mann und Tiere – © Shutterstock /Pavlo Plakhotia

Lektorat + Korrektorat: Schreibservice More

Alle Rechte vorbehalten.
Unbefugte Nutzung, wie Vervielfältigung, Verbreitung, Übertragung oder Nachdruck – auch auszugsweise – nur mit schriftlicher Genehmigung der Autorin.
Personen und Handlungen sind frei erfunden.
Etwaige Ähnlichkeiten mit real existierenden Menschen sind rein zufällig und nicht beabsichtigt.

Vorwort

Hallo,

es geht wieder auf den Winter zu und das bedeutet einen neuen Teil aus der Snowflakes Romance Reihe.

Nachdem ich im letzten Jahr ein eher ernstes Thema hatte, wird es dieses Mal leichter. Selten habe ich ein Buch mit so viel heiteren Szenen geschrieben. Ich hoffe, die Mischung aus Romanik, Drama und Humor gefällt Dir und bringt Dich an der einen oder anderen Stelle zum Schmunzeln.

Deine Mareile

Kapitel 1

Puh, geschafft. Ich stelle den letzten Karton ab und wische mir den Schweiß von der Stirn. Im Flur meiner neuen Wohnung ist kaum noch ein Durchkommen angesichts der Umzugskartons. Es liegt eine Menge Arbeit vor mir, Ordnung in dieses Chaos zu bringen. Aber ich freue mich darauf. Es wird mich von Ben ablenken.

Ben. Der Gedanke an ihn bringt mich zum Aufseufzen. So hatte ich mir das wahrlich nicht vorgestellt, als ich vor zwei Jahren mit ihm zusammengezogen war. Bereits acht Wochen nach unserem Kennenlernen hatte er mich dazu überredet. Wir entschieden uns für seine Wohnung, die viel größer war als meine. So weit so gut. Die ersten Monate lief auch alles bestens, doch dann rutschte ich aus der Rolle der Partnerin in die der Hauswirtschafterin. Der Übergang von ›wow, du siehst toll aus‹ über ›sehr lecker, was du gekocht hast‹ zu ›die Fenster müssten mal wieder geputzt werden‹ war so fließend, dass ich erst spät – viel zu spät – gemerkt hatte, was Ben inzwischen in mir sah.

Als ich ihn vor einer Woche darauf angesprochen habe, gab sein ›dafür wohnst du hier doch kostenlos‹ den Todesstoß für unsere Beziehung.

Nun gehen wir wieder getrennte Wege und ich richte mich in einer neuen Wohnung ein. Die nur halb so groß ist wie meine frühere, aber dafür doppelt so teuer.

Seufz.

Zwei Jahre verschwendet, doch was solls. Dumm nur, dass wir gerade mitten in der Vorweihnachtszeit stecken. Normalerweise eine Zeit, die ich liebe. Momentan geht sie mir allerdings nur auf die Nerven. Überall Pärchen und Familien, die sich auf ein harmonisches Weihnachtsfest mit der Verwandtschaft vorbereiten, während mir lange einsame Tage drohen. Einkäufe und Päckchen in glitzerndem Papier mit einer Schleife oben drauf kommen mir gerade eher wie blindwütiger Kommerzgeist vor. Für wen sollte ich auch ein Geschenk kaufen? Keine frohen Weihnachten in diesem Jahr. Ich fürchte, dass mir nicht einmal das Zimtgebäck schmecken wird. Und zu allem Überfluss ist die neue Wohnung so klein, dass ich keinen Christbaum aufstellen kann. Für mehr als ein paar geschmückte Tannenzweige wird es nicht reichen. Wenn überhaupt.

Seufz.

So, genug Trübsal geblasen. Entschlossen kämpfe ich gegen die negativen Gedanken an. Sich unterkriegen zu lassen ist nicht meine Art. Ja, es läuft grad beschissen, aber am Ende des Tunnels gibt es immer irgendwann wieder ein Licht.

Hoffentlich auch dieses Mal.

Zwei Stunden später habe ich es zumindest geschafft, die Kartons auf die Zimmer zu verteilen. Der Nachrichtenton meines Handys hält mich jedoch davon ab, den ersten aufzureißen und auszupacken. Stattdessen hole ich das Telefon und öffne den Messenger, um die Nachricht meiner Freundin Alyson zu lesen.

Wie gehts dir?
Sei froh, dass du den Arsch los bist.

Charmant und direkt wie immer, die Gute. Genauso kenne und liebe ich sie. Mit flinken Fingern tippe ich meine Antwort.

Ja, ich weine ihm keine Träne nach.
Auch sonst ist alles bestens.

Es dauert nicht lange, bis Allys Antwort angezeigt wird.

LÜGNERIN!

Natürlich glaubt sie mir nicht. Was nicht verwunderlich ist, schließlich kennt sie mich gut. Allerdings habe ich gerade weder Zeit noch Lust, mit ihr über meinen Gemütszustand zu diskutieren. Also schließe ich den Messenger, lege das Handy beiseite und richte meine Aufmerksamkeit wieder auf die Umzugskartons.

Aber wie immer habe ich die Rechnung ohne die Hartnäckigkeit meiner Freundin gemacht. Die Titelmelodie der Serie *Friends* kündigt ihren Anruf an. Für einen Moment ziehe ich in Erwägung, nicht ranzugehen. Doch ich weiß tief in meinem Innern, dass es kein Entkommen vor Ally und ihrem ›Kopf hoch, das Leben geht weiter‹-Wahn gibt.

»Ich komme klar«, sage ich daher, nachdem ich das Gespräch angenommen habe.

»Jetzt vielleicht, weil dich das Auspacken ablenkt. Aber was ist an Weihnachten?«

Habe ich schon Alyson Brights Direktheit erwähnt? Zielsicher bohrt sie ihren Finger in die Wunde.

»Weihnachten? Fällt dieses Jahr aus. Hat dir das noch niemand gesagt?«

Ally gibt ein Schnauben von sich. »Nix da, du feierst mit uns. Alles bereits mit meiner besseren Hälfte geklärt.«

Oh nein, das kommt gar nicht infrage. Weihnachten bedeutet bei meiner Freundin Familienfest. Und wenn eines bei Alyson Bright besonders groß ist, dann die Familie. Zwei Schwestern, drei Brüder, alle verheiratet und mit nervigen, plärrenden Anhängseln in den verschiedensten Altersstufen. Nein danke, dagegen klingt ein Serienmarathon auf dem Sofa neben ein paar lamettabehängten Tannenzweigen wie der Hauptgewinn.

Mein Entschluss steht fest. Bleibt nur die Eine-Million-Dollar-Frage: Wie bringe ich es Ally bei, ohne sie zu verletzen oder unsere Freundschaft zu gefährden?

Ich öffne den Mund und schließe ihn gleich wieder. Verdammt, das wird nicht einfach.

»Cat, bist du noch dran?«, fragt sie, als ich zu lange stumm bleibe.

»Können wir das ein anderes Mal besprechen?«, antworte ich. »Die Einladung ist ganz lieb von euch, aber ich habe da irgendwie gerade keinen Kopf für. Wenn du sehen könntest, was für ein Chaos hier herrscht.«

»Meinst du in deinem Kopf oder in der Wohnung?«, fragt Ally begleitet von einem Kichern, das mich sofort mit ansteckt.

»Da ist, glaube ich, grad kein großer Unterschied«,

gebe ich zu.

»Soll ich vorbeikommen? Wir können eine Flasche Prosecco köpfen und über die Männer herziehen. Besonders über einen bestimmten. Vielleicht kann ich auf dem Weg zu dir auch noch eine Voodoopuppe auftreiben.«

Verlockender Gedanke, vor allem das mit dem Voodoo. Ein umherschweifender Blick durch meine Wohnung lässt mich das Angebot jedoch ablehnen.

»Nein, danke. Ich räume jetzt noch den einen oder anderen Karton aus und dann gehe ich schlafen.«

»Bist du sicher?«, hakt Ally nach.

»Ja!«, antworte ich. Offenbar mit so viel Entschlossenheit im Tonfall, dass meine Freundin keinen weiteren Überredungsversuch startet. Stattdessen ringt sie mir nur das Versprechen ab, mich sofort bei ihr zu melden, wenn irgendwas ist.

»Und schreib beim Wachwerden gleich auf, was du geträumt hast«, legt sie mir zum Schluss nahe, ehe sie das Gespräch beendet.

Ja, ja, der Traum, den man in der ersten Nacht in einer neuen Wohnung träumt, wird wahr. Ich lache innerlich auf. Bei Ben habe ich von einem bärtigen Mann, Liebe, Glück und Hochzeit geträumt. Dabei rasiert er sich zweimal am Tag, um immer wie aus dem Ei gepellt zu sein. Der Rest hat bekannterweise auch nicht hingehauen. So viel dazu.

Am nächsten Morgen wache ich mit Kopfschmerzen auf. Ein richtig fieser stechender Schmerz schießt bei jeder Bewegung von einer Schläfe zur anderen. Verdammt, das kann ich gar nicht gebrauchen. Da hätte ich ja gleich auf Allys Angebot mit dem Prosecco eingehen können. Das Resultat wäre dasselbe gewesen, aber ich hätte wenigstens gewusst, woher das messerstechende Brummen kommt.

Mein Blick schweift – langsam, damit es mir der Kopf nicht noch übler nimmt – über die Aufschriften der Kartons. Wo zum Teufel ist der mit meinen Vorräten an Medikamenten? Unauffindbar … Mist!

Es nützt nichts, ich muss zum nächsten Drugstore. Die Augen nur so weit geöffnet, dass ich über nichts stolpere, greife ich nach Handtasche, Schlüsseln sowie dem Handy und verlasse die Wohnung.

Im Hausflur riecht es merkwürdig. Nein, es stinkt regelrecht. Das war doch gestern nicht so, als ich die ganzen Kartons hergebracht habe. Ein beißender Gestank, der mir zu den Kopfschmerzen noch Übelkeit beschert. Na toll.

Um möglichst schnell dieser Geruchsbelästigung zu entgehen, beschleunige ich meine Schritte. Im ersten Impuls entscheide ich mich für den Fahrstuhl, verwerfe den Gedanken jedoch wieder, da am Boden eine undefinierbare Nebelschwade wabert, die mir nicht geheuer ist. Also mache ich mich auf den Weg zum Treppenhaus und eile die Stufen hinunter. In Höhe des dritten Stockwerkes halte ich mir ein Tuch vor Mund und Nase. Hier muss irgendwo die Ursache für den beißenden Geruch herkommen. Es flimmert vor meinen Augen. Kleine leuchtende Punkte springen vor mir hin und her, sodass ich kaum noch sehen kann, wohin ich trete. Immer verschwommener wird alles. Mir wird schwindelig. Krampfhaft halte ich mich am Treppengeländer fest. Bis sich um mich herum Schwärze ausbreitet …

Kapitel 2

Meine Zunge ist belegt und der Geschmack im Mund – bah! Als ich die Augen öffne, beißt mich helles Licht. Ein Schmerzstrahl schießt durch meinen Kopf und lässt mich die Lider stöhnend wieder schließen.

»Ms. Oatman?«

Jemand rüttelt mich sanft an der Schulter.

»Ms. Oatman?«

»Hm?« Ich blinzle in Richtung der Stimme. »Ja, das bin ich.«

Ein freundliches Gesicht verzieht sich zu einem Grinsen. »Ja, das ist mir bewusst.«

Ach ja? Warum?

»Ich bin Schwester Mary und würde gerne wissen, wie Sie sich fühlen?«

Schwester Mary? Schwester? Wo bin ich?

Mühsam öffne ich die Augen gänzlich und starre die Person an, die neben dem Bett steht. Sie trägt weiße Kleidung. Um den Hals hängt etwas, aber ich kann es nicht richtig erkennen. Blinzelnd versuche ich, meinen Blick zu schärfen. Vergeblich.

»Wo bin ich?«

»Sie sind im Krankenhaus.«

»Im Krankenhaus?« Ich mache Anstalten, mich aufzusetzen.

Eine blöde Idee, denn jetzt schmerzt mehr als nur der Kopf.

»Aua!«

»Bleiben Sie ruhig liegen, Ms. Oatman. Sie haben ein paar Prellungen und Abschürfungen.«

Irritiert sehe ich die Schwester an. Prellungen? Abschürfungen? Wieso?

»Was ist passiert?«, frage ich.

»Das weiß ich nicht genau. Soweit ich es mitbekommen habe, sind Sie auf einer Treppe gestürzt.«

Ich wühle in meinem Gehirn nach Erinnerungen, kann aber keine in Verbindung mit einem Treppensturz finden.

»Davon weiß ich nichts«, sage ich entsetzt. »Warum erinnere ich mich nicht daran?«

Schwester Mary reibt mir beruhigend über den Arm.

»Das könnte an der Gehirnerschütterung liegen.

Ich hole jetzt erst mal Doktor Miller. Er beantwortet sicher all Ihre Fragen.«

Ich nicke und sie wendet sich zum Gehen ab.

Treppensturz. Gehirnerschütterung. Prellungen. Begriffe, die mich stöhnend die Augen schließen lassen.

Nachdem der Arzt mich untersucht und den Großteil meiner Fragen beantwortet hat, lehne ich mich wieder im Kissen zurück. Noch immer kann ich nicht scharf sehen. Ein Zustand, der laut Dr. Miller an den Chemikalien liegt, denen ich ausgesetzt war. Das muss ich erst mal verdauen: freigesetzte, gesundheitsschädliche Chemikalien – in einem *WOHNHAUS*. Wie sind die dahingekommen?

Schwester Mary kehrt mit einem Glas Wasser zurück, das sie mir reicht. Dankbar nehme ich mehrere Schlucke, die den üblen Geschmack im Mund wegspülen. Gott sei Dank.

»Sollen wir jemanden informieren, dass Sie hier im Krankenhaus sind?«

Ich denke einen Moment nach, dann schüttle ich den Kopf. Woraufhin der sich mit der nächsten Schmerzattacke revanchiert. Menno.

»Nein, ich möchte niemanden beunruhigen.«

»Sind Sie sicher? Macht sich denn niemand Sorgen, dass Sie sich seit Stunden nicht gemeldet haben?«

»Seit Stunden?«, wiederhole ich. »Wie spät ist es denn?«

»Kurz nach vierzehn Uhr.«

Ich schnappe erschrocken nach Luft. »So spät schon?«

Schwester Mary nickt. »Sie waren ein paar Stunden ohne Bewusstsein. Also: Wem soll ich Bescheid geben? Außerdem sollte Ihnen jemand ein paar Sachen vorbeibringen. Doktor Miller möchte Sie vorsichtshalber über Nacht hierbehalten, bis klar ist, welchen Chemikalien Sie ausgesetzt waren.«

Wieder eine Menge zu verdauen für mich. Das wird ja alles immer erschreckender.

»Meine Freundin Ally.« Ich greife nach meinem Handy, das auf dem Nachtschränkchen liegt. Dummerweise kann ich nicht entziffern, was auf dem Display angezeigt wird. Egal, ob ich das Telefon dicht vor die Augen oder so weit entfernt halte, wie meine Arme es zulassen.

»Ich finde den Eintrag schon«, ermuntert mich Schwester Mary. »Ist es okay, wenn ich sie anrufe, oder möchten Sie lieber selber mit ihr sprechen?«

Das Gespräch und die Bewegungen haben das Dröhnen und die Messerstiche in meinem Kopf so verstärkt, dass ich ihr Angebot, das Telefonat für mich zu führen, dankend annehme. Auf Allys schrille Stimme, die sie immer hat, wenn sie aufgeregt ist, kann ich verzichten. Und sie *WIRD* aufgeregt sein, wenn sie erfährt, was passiert ist.

Nach dem Essen, das die Schwester mir gebracht hat, muss ich noch mal eingenickt sein. Denn als ich die Augen wieder öffne, ist es draußen bereits dämmrig. Meinem Kopf geht es besser, zum Glück. Nur dieser fade Geschmack im Mund schleicht immer wieder aus irgendeiner Ecke hervor. Mannomann, was war das bloß für ein Zeug, das mich ausgeknockt hat? Das hat sich ja wie ein Pelz auf meine Zunge gelegt.

Es klopft, die Tür wird aufgerissen und im nächsten Augenblick sind es meine Augen, die dasselbe tun. Wo kommt SIE denn plötzlich her?

»Annie?«, frage ich völlig perplex. »Bist du es wirklich oder spielen mir meine Sinne einen Streich?«

»Ich tippe auf die Sinne«, entgegnet meine Freundin aus gemeinsamen Schultagen in unserer Heimatstadt Snowflakes. »Oje, du musst ja ganz schön was abbekommen haben, wenn du mich erst anrufst, um mich herzubestellen, und es nun nicht mehr weißt.«

»Dich angerufen?« Ich runzle die Stirn. Dann kapiere ich, dass die Schwester Annie anstelle von Ally angerufen hat. Ach herrje.

»Na ja, nicht du persönlich, aber die nette Krankenschwester, die es in deinem Auftrag erledigt hat. Macy oder so.«

»Mary«, stelle ich klar.

»Ja, kann sein, dass die Mary hieß. Unwichtig.« Annie winkt ab. »Jedenfalls habe ich mich gleich ins Auto gesetzt, nachdem sie mich informiert hat, dass dir was passiert ist.« Sie begutachtet mich, während sie sich an der Nase reibt. »Oje, du siehst echt scheiße aus. Hast du Schmerzen?«

»Solange ich mich nicht zu sehr bewege, gehts. Mehr Sorgen mache ich mir um meine Augen. Ich sehe immer noch etwas unscharf.«

»Echt?« Annie kommt näher und tätschelt meine Schulter. »Aber mich hast du doch sofort erkannt.«

»Du bist eben unverkennbar.« Ich grinse.

Annies Mundwinkel verziehen sich ebenfalls, dann fällt sie mir um den Hals. »Ach, es ist so schön, dich mal wiederzusehen. Ich fühle mich richtiggehend geehrt, dass du mich als Notfallkontakt festgelegt hast.«

»Äh, also eigentlich ist jemand anderes mein Notfallkontakt.« Ally, um genau zu sein. Sie kommt sogar noch vor meinen Eltern, da diese sowieso nie zu erreichen sind.

»Ja, schon klar, dass an erster Stelle deine Mom steht«, entgegnet Annie gelassen. »Aber zumindest bin ich vorne, wenn deine Eltern mal wieder in der Welt herumschwirren. Wo sind sie denn gerade?«

»Zuletzt haben sie sich aus Island gemeldet.«

»Woher?« Annie zieht die Stirn kraus.

»*ISLAND*. Das ist in Europa, ganz im Norden. Die Insel der Feen und Elfen.«

»Ah, okay, wenn du meinst.«

Unwillkürlich muss ich grinsen. Mit Fabelwesen hat Annie es noch nie gehabt. Ihr sind wahre Wesen lieber, vor allem die auf vier Pfoten.

»Hast du sie schon angerufen und ihnen Bescheid gegeben?«, fragt sie.

»Wen? Die Feen und Elfen?«

Annie verdreht die Augen. »Nein, deine Eltern.«

Ich schüttle den Kopf. »Bisher nicht. Sie sollen sich keine unnötigen Sorgen machen. Mir geht es gut, sie müssen von dem kleinen Aufenthalt hier nichts erfahren.«

Meine Freundin stemmt die Hände in die Hüften.

»So ein Quatsch, sie würden es wissen wollen. Deine Mutter wird fuchsteufelswild reagieren, wenn sie erst im Nachhinein davon erfährt.«

Mist, sie hat recht. Ich nage an der Unterlippe, weil es mir trotzdem widerstrebt, meine Eltern zu informieren.

»Soll ich das übernehmen?«, bietet Annie an.

»Hm …« Meine Vorderzähne rammen sich erneut in die Lippe. »Würdest du?«

»Klar.« Annie wackelt mit den Fingern als Aufforderung, ich ihr mein Handy zu geben.

»Das hat noch Zeit«, wiegle ich ab. »In Island ist es

mitten in der Nacht. Ruf lieber erst morgen früh an.«

»Okay.« Mit einem Seufzer lässt sie sich auf die Bettkante plumpsen.

Ich umfasse ihre Hand. »Danke, dass du hier bist.«

Auch wenn ich im ersten Moment überrascht über ihr Auftauchen war, bin ich jetzt umso erleichteter. Sie hat ohne mit der Wimper zu zucken eine mehrstündige Fahrt auf sich genommen, um nach mir zu sehen. Tränen der Rührung treten mir in die Augen, die ich wegzublinzeln versuche.

»Ist doch selbstverständlich.« Annie gibt mir einen Kuss auf die Wange. »Weiß man denn inzwischen, was das für ein Zeug war, das dich eingenebelt hat?«

»Keine Ahnung.« Ich zucke seufzend mit den Schultern. »Bisher war niemand da, um mich aufzuklären.«

»Gut, dass ich hier bin. Ich kümmere mich darum. Brauchst du sonst noch etwas?«

Erneut gewinnen die Tränen die Oberhand und drängen sich unaufhörlich in den Vordergrund. Wenig ladylike wische ich sie mit dem Handrücken weg.

»Hey.« Annie drückt mich vorsichtig. »Alles wird gut, jetzt, da ich hier bin.«

Schniefend lächle ich sie an. Ohne Zweifel, sie wird das managen. Auch wenn es zur Abwechslung mal ein Zweibeiner ist, um den sie sich kümmert.

Am nächsten Morgen warte ich nach der Visite ungeduldig darauf, dass Annie zurückkommt. Seitdem sie mich spät am gestrigen Abend verlassen hat, habe ich nichts mehr von ihr gehört. Kein Anruf, keine Nachricht – kein Sterbenswort. Zu allem Überfluss ist nun auch noch der Akku meines Handys leer, sodass ich keine Chance habe, sie meinerseits zu kontaktieren.

Über eine Stunde wird meine Ungeduld noch geschürt, dann endlich öffnet sich die Tür des Krankenzimmers und ein fröhliches »Guten Morgen« schallt in den Raum.

»Morgen«, erwidere ich und sehe Annie erwartungsvoll an. Zu meiner Verwunderung trägt sie keine Tasche bei sich.

Hat sie meine Klamotten etwa vergessen?

»Wo sind meine Sachen?«, platzt es aus mir heraus.

»Keine Chance, in deine Wohnung zu kommen. Tut mir leid, Cat, aber das Gebäude darf bis auf Weiteres nicht betreten werden.«

»*WAS?*«

»Ja wirklich. Es ist so gut abgeschirmt, da kommt nicht mal eine Maus ungesehen rein.« Annie setzt sich zu mir aufs Bett. »Laut einem Wichtigtuer, der da in einem Schutzanzug herumläuft, müssen die chemischen Rückstände erst vollständig entfernt werden. Bevor nicht alles gereinigt und überprüft ist, wird das Haus nicht zum Betreten freigegeben. Offenbar hat der Nachbar in der Wohnung unter dir mit Chemikalien rumgespielt, von denen er keine Ahnung hatte.«

»Und wie lange wird das dauern?«, frage ich entsetzt.

Annie zuckt mit den Schultern. »Ein paar Tage oder länger. Das gesamte Gebäude wurde evakuiert. Man informiert die Bewohner, wenn sie wieder zurückkehren dürfen. Ich habe deine Daten hinterlegt.«

»Was für ein Idiot«, grummle ich.

»Der Nachbar oder der Wichtigtuer?«

»Beide, aber vor allem der Nachbar. Warum macht der so was? Hat der keine anderen Hobbys?«

Kaum richtig eingezogen, schon aus der Wohnung vertrieben. Nur, weil so ein Pseudo-Chemiker irgendwelche Stoffe zusammenmischt. Mir bleibt echt nichts erspart.

»Was mache ich denn jetzt?«, rufe ich aus. »Der Arzt meinte, dass ich heute entlassen werden kann. Die Augen sind wieder in Ordnung und auch sonst fühle ich mich gut. Aber wozu das Krankenhaus verlassen, wenn ich momentan keine Bleibe habe?«

Annie winkt ab. »Alles schon geregelt.«

»Ja?«

»Deine Mom und ich sind uns einig, dass du erst mal ein paar Tage mit zu mir kommst, um dich zu erholen.«

Meine Augen weiten sich. »Zu dir? Du meinst nach

Snowflakes? Aber das geht nicht, ich muss morgen wieder arbeiten.«

»Alles geregelt, das sagte ich doch bereits«, widerspricht Annie. »Nachdem ich mit deiner Mutter gesprochen habe, die übrigens heute noch einen Anruf von dir erwartet, habe ich deinen Chef kontaktiert. Er wünscht gute Besserung und gibt dir ein paar Tage frei.«

»Du hast bei meinem Chef angerufen?«

»Ja-a. Noch mal zum Mitschreiben: Es ist alles geregelt. Mensch, bist du heute kompliziert. Die Ruhe in Snowflakes hast du offenbar mehr als nötig. Können wir also los?«

Nach Snowflakes, dem kleinen Ort im Nirgendwo, in dem ich seit ein paar Jahren nicht mehr war? Jetzt sofort?

Völlig überfordert lehne ich mich zurück und reibe mir über die Augen.

»Aber ich habe nicht mal Kleidung«, werfe ich ein. »Die Sachen, die ich bei der Einlieferung anhatte, wurden vorsichtshalber entsorgt. Selbst die Handtasche hat man mitgenommen. Außer deren Inhalt habe ich nichts. Soll ich etwa in diesem Krankenhausfummel mitfahren? Das Ding ist hinten offen, das ist dir hoffentlich klar.«

Ein schelmisches Grinsen überzieht Annies Gesicht. Nicht schwer zu erraten, welches Kopfkino gerade in ihr abläuft. Entrüstet sehe ich sie an. Sofort verschwindet der Ausdruck und sie reibt sich an der Nase.

»Unten im Foyer habe ich einen Klamottenladen gesehen. Da finde ich sicher was für dich. Mach dich bereit, ich bin gleich wieder da.«

Bevor ich protestieren oder ein letztes schlagendes Argument anbringen kann, ist Annie aufgesprungen und zur Tür raus.

Seufzend schließe ich die Augen, atme tief durch und denke über die Entscheidung nach, die meine Mom und Annie getroffen haben.

Snowflakes? Wirklich? Ausgerechnet Snowflakes?

Kapitel 3

Mit einem Umschlag in der Hand, in dem sich die Entlassungspapiere und der Arztbericht befinden, steige ich eine Stunde später in Annies alten, verbeulten Chevrolet Sportvan. Erstaunlich, dass das Ding immer noch fährt. Den hatte sie doch schon, als ich meiner Heimatstadt Lebwohl gesagt habe, um in Colorado Springs einen vielversprechenden Job in einer aufstrebenden kleinen Technologiefirma anzutreten. Im Innern riecht es genauso, wie ich es in Erinnerung habe: nach nassem Hund. Unwillkürlich rümpfe ich die Nase.

»Ja, sorry«, kommentiert Annie, der meine Reaktion nicht entgangen ist. »Muju ist gestern Morgen ausgebüxt und hat sich in einer Schneewehe gewälzt. Er war so durchgefroren, dass ich ihn nicht erst trockenlegen konnte, bevor ich ihn nach Hause ins Warme gebracht habe. Wenn ich allerdings gewusst hätte, dass du heute mitfährst …«

Ich ignoriere die Anspielung, die in dem unfertigen Satz lauert. Besonders höflich war das wirklich nicht von mir.

»Muju?«, frage ich lächelnd. »Lustiger Name.«

»Ein Bobtail, um den ich mich seit ein paar Monaten kümmere. Leider ist der Name das einzig Lustige an ihm.«

Oje, das klingt nach einem Problemhund erster Güte. Dem Seufzer nach zu urteilen, der Annies Worte begleitet hat, bringt der Hund sie an ihre Grenzen. Dabei geht meine Freundin darin auf, schwierige Tiere zu umsorgen. In erster Linie Hunde und Katzen, die im Tierheim von Snowflakes ein Dasein am Rande fristen, weil sie problematisch im Umgang sind.

»Erzähl mir von ihm und von den anderen Vierbeinern, um die du dich aktuell kümmerst«, fordere ich Annie auf. Nicht nur, weil ich weiß, dass sie gerne über ihre Pflegetiere spricht, aber viel zu selten die Gelegenheit dazu bekommt. Sondern auch, weil ich glaube, dass es mich von meinen eigenen Sorgen ablenken wird.

»Wirklich?«, hakt Annie nach. Sie mustert mich mit gerunzelter Stirn. »Soll ich dir nicht lieber von den Leuten und den letzten Geschehnissen im guten alten Snowflakes berichten? Zum Beispiel davon, wie es dazu gekommen ist, dass jetzt ein Flakes der Bürgermeister ist.«

Tatsächlich? Kein Snow mehr, der das Sagen in der Stadt hat? Erstaunlich. Wer hätte das gedacht.

Doch trotz meiner zugegebenermaßen entbrannten Neugierde, die Hintergründe zu erfahren, gebe ich mich unbeeindruckt und schüttle den Kopf.

»Nein, kein Klatsch und Tratsch aus der Stadt. Lieber ein paar Details über die Vierbeiner, um die du dich aktuell bemühst.«

Eine Aufforderung, um die ich Annie kein weiteres Mal bitten muss. Sie startet den Chevy, fädelt sich in den Verkehr ein und fängt an zu erzählen.

Momentan leben vier Katzen, drei Hunde und ein Streifenhörnchen bei ihr. Letzterem gibt sie als eine Art Gnadenhof ein Plätzchen für ein gefahrloses Leben, da der Nager fast blind ist und eine steife Hinterpfote hat.

»Muju wacht mit Argusaugen über Chippi«, berichtet Annie. »Niemand außer mir darf sich dem Hörnchen nähern, sonst fängt er an zu knurren. Jared hat er sogar schon gebissen, als der den alten Nager untersuchen wollte.«

»Jared?«, hake ich nach.

Annie wendet sich mir zu, als wir an einer Ampel halten. In ihren Augen liegt ein besonderer Glanz. Oha, hat da etwa ein Mann das Herz meiner Freundin erobert? Das schaffen doch sonst nur Tiere.

»Jared ist Tierarzt. Er lebt seit zwei Jahren in Snowflakes und hat vorübergehend die Praxis vom alten Stanton übernommen. So lange, bis dessen Nichte mit ihrem Studium der Veterinärmedizin fertig ist.«

Interessant. Was er wohl macht, wenn Dr. Stantons Nichte die Praxis für sich beansprucht? Für Annie hoffe ich, dass er in Snowflakes eine Lösung findet.

Eine weitere Stunde lang höre ich Annie bei den unterschiedlichsten Geschichten zu. Nur eines haben sie alle gemeinsam, man hört die Zuneigung raus, die meine Freundin für die Tiere empfindet. Egal, wie problembehaftet die Geschöpfe auch sind, sie schließt sie alle in ihr Herz. In mir hingegen breitet sich Unbehagen aus. Früher hat Annie sich nur um ein oder zwei Hunde gekümmert. Denen konnte ich bequem aus dem Weg gehen, wenn wir uns mal bei ihr auf einen Kaffee oder einen Plausch bei einem Glas Wein getroffen haben. Doch jetzt werde ich bei ihr wohnen, ebenso wie acht Vierbeiner, die mehr oder minder bissig und kratzbürstig sind. Schnell schicke ich ein Stoßgebet gen Himmel, dass meine Wohnung in Colorado Springs bald wieder bewohnbar ist.

»Erschlage ich dich gerade mit den ganzen Informationen?«, erkundigt Annie sich, als ich kaum noch auf ihre Erzählungen reagiere.

»Nein, nein«, erwidere ich müde, wobei ich mich

verzweifelt bemühe, ein Gähnen zu unterdrücken.

»Verstehe«, sagt sie lächelnd. »Schlaf ruhig ein bisschen.« Sie langt nach hinten und zieht ein Kissen vom Rücksitz, das sie mir reicht.

Ich beäuge das Ding misstrauisch. Wie viele Fellnasen haben da wohl auch schon ihr Nickerchen drauf gemacht? Als Annie mir einen merkwürdigen Seitenblick zuwirft, schiebe ich den Gedanken beiseite und das Kissen zwischen meinen Kopf und die Scheibe der Beifahrertür. Dann schließe ich die Augen und lasse mich von dem monotonen Brummen des Motors und den leisen Klängen der Musik aus dem Radio einlullen.

Als ich wieder wach werde, haben wir Snowflakes bereits erreicht. Annie lenkt den Wagen durch den Verkehr der Main Street. Ich erkenne die Bäckerei *Sweet & Fresh* und wenig später die Buchhandlung *Books & More*.

WOW, HIER HAT SICH KAUM ETWAS VERÄNDERT.

Die Berge, die die Stadt an drei Seiten umgeben, sind bis hinunter ins Tal schneebehangen. Als wir den Stadtpark passieren, kommen Erinnerungen an Schneeballschlachten hoch, die wir uns als Kinder dort geliefert haben.

Kurz hinter dem Rathaus biegt Annie in die kleine Straße ab, die zu ihrem Haus führt. Ein schlichtes Gebäude aus Natursteinen im Craftsmen Style mit tiefer Dachlinie, die weit über die Veranda hinausragt. Die klaren Linien und der robuste Baustil passen hervorragend zu dem Leben, für das Annie sich entschieden hat.

Neben dem Wohnhaus gibt es noch mehrere Nebengebäude inklusive einer Doppelgarage. Vor einem der weißen Rolltore parkt sie den Wagen und stellt den Motor ab.

»Willkommen zurück in Snowflakes, Cat.«

»Danke«, sage ich und zucke im selben Moment zusammen, als eine braune Katze auf die Motorhaube des Vans springt. Sie reibt ihren Kopf am Scheibenwischer und beäugt mich dabei. Fasziniert blicke ich auf ihre verschiedenfarbigen Augen.

»Darf ich vorstellen? Das ist Kitty.«

»Niedlich«, erwidere ich. »Offenbar hat sie dich vermisst.«

»Nicht minder als ich sie.«

Wir steigen aus, was Kitty zum Anlass nimmt, vom Auto herunterzuspringen und sich im nächsten Gebüsch zu verstecken. Schneekristalle rieseln von den Zweigen des Busches, unter dem sie sich verkrochen hat.

»Kitty, du brauchst keine Angst zu haben«, ruft Annie ihr zu. »Das ist Cat. Hörst du, sie heißt Cat, also stell dich nicht so an.«

»Glaubst du wirklich, dass sie den Zusammenhang versteht?«, frage ich schmunzelnd.

»Na klar, du nicht?«

Tatsächlich kommt Kitty wieder hervor, läuft schnurstracks auf mich zu und streicht mir um die Beine. Ich versteife mich kurz, reiße mich dann aber zusammen, gehe in die Hocke, strecke langsam die Hand aus und fahre der Katze über den Kopf. Sofort legt Kitty die Ohren an, faucht und im nächsten Moment zieren zwei Kratzer meine Hand.

»Aua«, rufe ich aus, während die Übeltäterin sich unters Auto verzieht.

»Ich habe doch gesagt, dass sie nicht am Kopf berührt werden will«, tadelt Annie mich kopfschüttelnd.

Jetzt, da sie es erwähnt, erinnere ich mich schwach, dass da was war.

»Sorry, ich habe mir nicht jeden Namen und jede Eigenart gemerkt«, antworte ich in einem reichlich sarkastischen Tonfall.

Sofort wird Annies Miene milder. Ihr Blick wandert zu den Kratzern, aus denen bereits Blut hervorquillt.

»Komm, wir verarzten das und dann mache ich uns erst mal etwas zu essen.«

»Und was ist mit Kitty?«, erinnere ich sie an den Vierbeiner, der immer noch unter dem Auto kauert. »Vielleicht sollte ich mich zunächst bei ihr entschuldigen.«

Annie legt den Arm um meine Schultern und drückt mich kurz an sich.

»Das ist genau die richtige Einstellung, um hier mit den Tieren zurechtzukommen. Mach dir keine Sorgen, Kitty ist nicht nachtragend.«

Na, da habe ich ja noch mal Glück gehabt.

Während Annie sich um das Essen kümmert – alleine, weil sie darauf besteht, dass ich mich schone – nehme ich auf einem der gemütlichen, breiten Stühle mit den dicken Sitzkissen Platz. Blickfang der Küche ist wie früher die große Anrichte aus Echtholz. Das Eschenholz ist gepflegt, nur an den Füßen gibt es Stellen, die aussehen, als hätten Zähne daran genagt. Die Wände des Raums sind gelb gestrichen, die Hängelampe über dem Tisch ist neu. Eine klare Verbesserung zu der Neonröhre, die früher das Zimmer mit viel zu hellem Licht ausgeleuchtet hat.

»Tolle Lampe«, lobe ich.

»Danke. Ähm ja, das olle Neonding ist mir leider beim Renovieren aus der Hand gerutscht.« Grinsend zwinkert Annie mir zu.

»Das arme Ding.«

»Ja, nicht wahr?«

Wir blicken uns an und prusten einen Augenblick später los. Erst ein Kratzen an der Tür lässt uns innehalten.

»Der Rächer der zerbrochenen Neonlampen kommt dich holen«, scherze ich.

Annie lacht noch einmal auf, dann öffnet sie die Tür und ein kleines dunkelbraunes Etwas trippelt an ihr vorbei. Seine Schritte sind unsicher, die dünnen Beinchen zittern. Okay, so wie es aussieht, lerne ich jetzt den ersten Hund kennen. Das geht schneller als erwartet.

Meine Freundin nimmt das zitternde Wesen auf den Arm und streichelt es.

»Na, Sammy, hast du mich vermisst?«

Wie auf Kommando bellt die Fellnase.

»Ja, ich dich auch«, versichert Annie dem Hund, woraufhin der seinen Kopf an ihre Brust schmiegt und mit den tiefschwarzen Augen zu ihr aufschaut.

Wenn er jetzt noch mit den Lidern klimpert, breche ich zusammen. Doch ich, oder besser gesagt mein Körper, hat Glück und muss keinen weiteren Sturz verkraften. Sammys Augen fangen zwar an zu glänzen, die menschliche Geste bleibt jedoch aus.

»Darf ich dir Cat vorstellen?«, sagt Annie und deutet in meine Richtung. »Cat, das ist Sammy. Er ist ein Shih Tzu.«

Shih Tzu? Nie gehört. Aber er sieht irgendwie niedlich aus. So aus der Entfernung, sicher untergebracht auf Annies Arm.

»Hi«, antworte ich und hebe kurz die Hand.

»Willst du ihn mal nehmen?« Meine Freundin streckt ihn mir entgegen. Als sie auch noch einen Schritt auf mich zukommt, springe ich entsetzt auf und bringe den Stuhl zwischen mich und die Reißzähne des Monsters – das zugegebenermaßen ein recht kleines Monster ist. Und nur noch wenige Zähne zu haben scheint, wie mir klar wird, als Sammy herzhaft gähnt.

Annie sieht mich aus großen Augen an. »Hast du etwa Angst vor Hunden?«

Äh, ja, wie sag ich es ihr jetzt am besten?

Ich nicke zaghaft. »Ja, irgendwie schon.«

»Seit wann?«

Mit betretener Miene sehe ich ihr entgegen. »Schon immer.«

Meiner Freundin klappt die Kinnlade herunter. Einen Moment später hat sie sich jedoch wieder gefangen. Nachdem sie den Hund aus der Küche geschafft und die Tür geschlossen hat, sieht sie mich aufmerksam an. Nachdenklich reibt sie sich die Nase.

»Okay, lass uns überlegen, was sich da machen lässt«, sinniert sie.

Ich werde sofort hellhörig. Was genau? Doch nicht etwa ein obskures Näherkommen, damit ich meine Phobie überwinde?

Oh nein, ohne mich!

Kapitel 4

Nachdem wir uns an den Tisch gesetzt haben, hole ich tief Luft. Doch bevor ich etwas sagen kann, legt Annie bereits los.

»Angst vor Hunden.« Sie schüttelt ungläubig den Kopf. »Was machen wir denn jetzt?«

Ich zucke mit den Schultern. Erneut reibt Annie sich an der Nase.

»Lass uns überlegen, bei wem wir dich unterbringen können. Wen kennst du noch in Snowflakes, der dich aufnehmen würde?«

»Du willst mich rausschmeißen?«, frage ich überrascht und auch ein wenig empört.

»Nein, natürlich nicht.« Annie legt ihre Hand auf meine. »Aber du hast erst mal genug durchgemacht. Auch wenn ich mich darauf gefreut habe, ein paar Tage mit dir zu verbringen und zur Abwechslung mal einen Menschen statt eines Tieres aufzupäppeln …« Sie grinst und zwinkert mir zu. »… will ich dich nicht zusätzlich mit meinen vierbeinigen Mitbewohnern belasten.«

Die Aussage ist das Liebenswerteste, was ich seit Langem gehört habe. Es ist so anders als Bens ›dafür wohnst du hier doch kostenlos‹ und lässt mich vor Rührung schwer schlucken. Es ist unmöglich, Annie zu enttäuschen, indem ich mir eine andere Unterkunft suche. Und wenn ich ehrlich bin, will ich das auch gar nicht.

»Ich komme schon klar«, versichere ich daher mit fester Stimme.

»Wirklich?«

»Ja. Das eben war eine Überreaktion. Wahrscheinlich, weil mir der Schreck vom Aufwachen im Krankenhaus noch in den Knochen steckt.« Ich atme tief durch, ringe einen Moment mit mir, springe dann jedoch über meinen Schatten. »Hol Sammy wieder rein. Aber erzähl mir vorher noch mal, worauf ich bei ihm achten muss.«

»Er ist ein ganz Lieber, Cat. Mit seinem Herzrhythmus stimmt etwas nicht, deswegen kann er sich so schwer auf den Beinen halten. Die Energie, um dich zu beißen, hat er gar nicht.«

Bei ihrem letzten Satz ziehe ich eine Braue hoch.

»Außerdem hat er gar nicht die Neigung zum Beißen«, fügt Annie schnell hinzu. »Vielmehr liebt er es, mit jemandem zu kuscheln … ehrlich.«

»Okay.« Ich lächle. »Das sollte zu schaffen sein.«

In den nächsten Minuten beobachten Sammy und ich uns gegenseitig misstrauisch. Der Hund scheint genau zu spüren, warum man ihn vorübergehend wieder aus der Küche verbannt hat. Zumindest rede ich mir das ein, da die Fellnase einen großen Bogen um mich macht. Es ist merkwürdig, aber dieses argwöhnische Verhalten des Hundes weckt den Ehrgeiz in mir, ihn zu mir zu locken, um ihm zu zeigen, dass ich eigentlich eine ganz Nette bin.

Langsam und vorsichtig strecke ich meine Hand in Sammys Richtung aus. Mit derselben Ruhe und Achtsamkeit kommt er daraufhin näher. Seine dünnen Beinchen zittern, aber der Schwanz geht aufgeregt hin und her. Nur noch wenige Zentimeter trennen uns.

»Na, komm«, fordere ich ihn auf und bewege die Finger.

Sammy überwindet die Distanz und schnüffelt an meiner Hand, die ich nun ganz ruhig halte. Als er zu mir aufsieht, streichle ich ihm sanft über das kleine Köpfchen.

»Hey, schön dich kennenzulernen, mein Kleiner.«

Das Scheppern eines Topfdeckels, den Annie etwas zu schwungvoll auf die Spüle gelegt hat, lässt Sammy und mich zusammenzucken. Er springt mit einem Satz zurück, ich ziehe ruckartig meinen Arm hoch.

Das war es dann wohl mit dem ersten Annähern. Ein kurzer Kontakt, der mir aber ehrlich gesagt mehr als reicht. Sammy scheint es ähnlich zu gehen, denn er verzieht sich neben die Anrichte, von wo aus er das weitere Geschehen im Raum beobachtet.

Nach dem Essen breitet sich eine bleierne Schwere in mir aus. Ich strecke mich, soweit meine lädierten Rippen das zulassen, und gähne herzhaft. Annie grinst mich an.

»Eigentlich hatte ich vor, dir jetzt das Haus und die anderen Tiere zu zeigen. Aber ich glaube, du schaffst es nur noch bis zum Gästezimmer. Willst du dich hinlegen, um etwas zu schlafen?«

Schon wieder schlafen? Mein Körper scheint völlig aus dem Tritt zu sein. Nach so viel Ruhe verlangt er doch sonst nicht. Und irgendwie bin ich auch nicht geneigt, seiner Forderung erneut nachzugeben. Also schüttle ich den Kopf.

»Nein, ich denke, ein Spaziergang wird mir mehr helfen. Nach den chemischen Dämpfen und dem trockenen, desinfektionsmittelgetränkten Krankenhausmief freut sich meine Lunge bestimmt über ein bisschen frische Luft.«

»Klingt gut. Soll ich dich begleiten?«

»Hast du denn Zeit dafür?«

Annie verzieht einen Mundwinkel. Ihr zerknirschter Ausdruck sagt alles.

»Eigentlich müsste ich erst mal schauen, wie es den Tieren so geht. Aber das kann ich genauso gut nach dem Spaziergang erledigen. Auf die eine Stunde kommt es jetzt auch nicht mehr an.«

»Nein, nein. Mach nur. Die Vie…, äh, ich meine die Tiere waren wegen mir lange genug alleine.«

»Keine Sorge, die *VIECHER*«, sie zwinkert mir grinsend zu, »waren nicht allein. Wenigstens nicht die ganze Zeit. Jared hat nach ihnen gesehen.«

So so, Jared also. Muss ja echt ein toller Typ sein. Ich werde immer neugieriger auf den Kerl.

»Sie haben dich bestimmt trotzdem vermisst«, antworte ich. Und das meine ich auch genauso. »Geh zu ihnen, ich komme schon klar.«

»Sicher?«

»Ganz sicher. Ist ja nicht so, als wäre Snowflakes eine völlig fremde Stadt für mich.«

»Stimmt.« Annie sieht mich mit einem Lächeln an, in dem eine Spur Erleichterung mitschwingt.

Ist okay für mich. Die zweibeinige Cat kann für eine Zeit lang auf ihre liebevolle Gegenwart verzichten. Jetzt sind mal die vierbeinigen dran.

Ausgestattet mit dicken Stiefeln von Annie sowie einem Schal und Handschuhen aus ihrem Fundus stapfe ich los. Mein Weg führt mich zunächst zum Rathaus, wo ich die Aushänge lese. In einem der Kästen sind die diesjährigen Veranstaltungen der 12 days of Christmas aufgeführt.

Montag, 12. Dezember – Impy Snowflakes wird geweckt
Dienstag, 13. Dezember – Weihnachtskartenbasteln
Mittwoch, 14. Dezember – Eishockeytraining mit anschließendem Keks-Verkauf
Donnerstag, 15. Dezember – Bastelnachmittag in der Schule
Freitag, 16. Dezember – Mistelzweigtreffen
Samstag, 17. Dezember – Eislaufen
Sonntag, 18. Dezember – Weihnachtssingen mit Kürung des besten Chores
Montag, 19. Dezember – Schlittenfahrt
Dienstag, 20. Dezember – Weihnachtsbasar
Mittwoch, 21. Dezember – Lebkuchenhaus bauen
Donnerstag, 22. Dezember – morgens Parade / abends Weihnachtsball
Freitag, 23. Dezember – Eierpunsch-Umtrunk mit Klavierkonzert

Impy Snowflakes? Nie davon gehört. Was immer das auch sein mag, ich habe es bereits verpasst. Ebenso wie das Weihnachtskartenbasteln, das gestern stattgefunden hat. An der Zusammenstellung der Veranstaltungen hat sich nicht viel geändert. Es scheint so, als würde Snowflakes auch unter dem neuen Bürgermeister an den alten Traditionen festhalten.

Heute findet also das Eishockeytraining statt. Ich könnte mal in der Sporthalle vorbeischauen. Der Glühwein, der anlässlich des Keks-Verkaufs angeboten wird, ist mir in guter Erinnerung geblieben. Genau danach ist mir jetzt.

Nachdem ich die Main Street überquert habe, betrete ich den verschneiten Hauptweg des Stadtparks. Der frische Schnee knirscht unter meinen Füßen, das Zwitschern der Vögel, die aufgeplustert auf den Ästen der weißgepuderten Bäume sitzen, ist eine stimmungsvolle Begleitmusik. Im hinteren Teil des Parks sind Arbeiter damit beschäftigt, eine Tribüne aufzubauen. Am Sonntag wird dort sicher wieder der beste Chor des diesjährigen Weihnachtssingens gekürt. Früher waren das immer hitzige Veranstaltungen, trotz der kühlen Umgebung. Wobei sich die Teilnehmer eher warmgeprügelt als warmgesungen haben. Ja ja, die Fehde zwischen den Snows und den Flakes ist nicht die einzige im Ort. Das überschäumende Temperament der alteingesessenen Chöre ist nicht minder legendär.

Der Parkplatz der Sporthalle, den ich wenig später erreiche, ist gut gefüllt. Ich schlängle mich an dicken SUVs, modernen Teslas und anderen Fahrzeugen vorbei, ziehe die Hallentür auf, trete über die Schwelle, werde von einem schlecht ausgerichteten Scheinwerfer geblendet und pralle gegen etwas.

Huch!

Mein angeschlagener Kopf findet die Erschütterung gar nicht witzig. Ich sehe alles doppelt, während meine Rippen die unsanfte Berührung mit einem stechenden Schmerz beantworten.

»Aua!« Ich taumle rückwärts, versuche mich festzuhalten, greife jedoch ins Leere.

Knisternd fällt etwas zu Boden, aber das bin nicht ich. Zum Glück sorgt ein fester Griff um meine Arme dafür, dass es nicht schon wieder ein Kräftemessen zwischen meinem Körper und einem Fußboden gibt.

»Passen Sie doch auf«, fährt mich der Mann an, der mich geistesgegenwärtig festgehalten hat.

Zumindest glaube ich, dass es ein Mann ist. Der dunklen Stimme nach zu urteilen, muss es so sein. Als ich aufblicke, ist das Bild von seinem Gesicht verschwommen. Ich blinzle ein paarmal, bis es sich schärft … und mir den Atem raubt.

Wow!

Hohe Wangenknochen, gepflegter Vollbart, gerade Nase … aber das Faszinierendste sind die Augen. Auch wenn ich von ihnen nicht alles sehen kann, weil sie aus Verärgerung verengt sind, reißt mich die intensive Farbe von den Socken. Sie sind braun, aber nicht nur einfach braun. Nein, sie erinnern vielmehr an Marzipankartoffeln. Genauer gesagt an ihre Außenhülle, wenn sie in Kakao gewälzt sind. Sogar die kleinen versprenkelten dunklen Tupfer, die auch der Kakao auf meiner Lieblingsnascherei hinterlässt, kann ich in den Augen wiederfinden. Völlig verträumt verliere ich mich in dem Anblick.

»Sagen Sie mal, sind Sie betrunken?« Die unfreundliche Stimme, die so gar nicht zu den wundervollen Augen passt, lässt mich aufschrecken.

»Nein, natürlich nicht«, protestiere ich und trete einen Schritt rückwärts.

Wieder knistert es und irgendwas fühlt sich merkwürdig unter meinem Schuh an. Ich sehe hinunter und erstarre. Oje, das waren wohl mal Kekse. Die ich in Krümel verwandelt habe.

»Oh verdammt, das auch noch. Was sind Sie bloß für ein Trampel.« Erneut poltert Marzipankartoffelauge los.

Jetzt reicht es aber. Die tollsten Augen, die ich je gesehen habe, hin oder her, so muss man nun wirklich nicht überreagieren.

»Ich bin weder betrunken noch ein Trampel«, keife ich zurück. »Sie haben doch auch nicht aufgepasst, sonst wären Sie mir ja wohl ausgewichen.«

Die Augen meines Gegenübers weiten sich. Was meiner Faszination für die ungewöhnliche Farbgebung nur neues Futter gibt. Wie kann jemand mit solchen Augen nur so mürrisch und unfreundlich sein?

»Ist das Ihr Ernst? Sie rennen in mich hinein, treten auf meine Kekse und dann bin ich an allem schuld?«

»Einigen wir uns auf ein Unentschieden, okay?«, schlage ich vor. Mit diesen Augen will ich mich nicht streiten, auch wenn es mir das Drumherum nicht einfach macht. »Kommen Sie, ich kaufe Ihnen eine neue Tüte Kekse.«

»Keine Zeit, ich muss zu einem Notfall. Wenn ich dann dürfte?« Mit grimmiger Miene schiebt er mich zur Seite, wirft mir noch einen letzten Teufelsblick zu und tritt hinaus ins Freie.

Ungläubig starre ich ihm nach. Na dann eben nicht.

Kapitel 5

Als ich am späten Nachmittag zu Annie zurückkehre, drückt sie mir als Erstes mein Handy in die Hand.

»Der Akku ist wieder voll.«

»Danke«, antworte ich mit einem Lächeln.

»Sobald du deine Eltern angerufen hast, zeige ich dir dein Zimmer. Das Bett habe ich schon frisch bezogen. Und wenn du willst, mache ich dich danach mit den restlichen Tieren bekannt.«

Ich ziehe eine der beiden Kekstütchen aus der Tasche, die ich in der Sporthalle an einer der Verkaufsbuden erstanden habe, und reiche sie ihr. »Du bist echt toll. Hier, für dich.«

Annies Augen fangen an zu leuchten. »Danke. Das sind sogar meine Lieblingskekse.«

Sie drückt mich vorsichtig an sich. Dabei versuche

ich nicht nur, meine lädierten Rippen zu schützen, sondern auch die zweite Portion des Gebäcks in der Jackentasche. In einem Anflug von Irrsinn habe ich die für Marzipankartoffelauge gekauft, falls er mir während meiner Tage in Snowflakes noch mal über den Weg laufen sollte.

Nachdem ich mit meiner Mom telefoniert und sie wegen des Vorfalls so gut es geht beruhigt habe, sende ich Ally eine Nachricht. Darin teile ich ihr nur mit, dass ich mich dazu entschlossen habe, Weihnachten und ein paar Tage davor in meiner alten Heimat zu verbringen. Der Unfall und weitere Details fallen unter den Tisch. Heute kommt der erste Teil der Verwandtschaft bei ihr an. Da hat sie genug um die Ohren und ich will ihr die Sorge um mich nicht auch noch aufbürden.

Wie besprochen lasse ich mich danach von Annie durchs Haus führen. Seitdem sie dieses nach dem Unfalltod ihrer Eltern übernommen hat, erstrahlen die Räume in frischen hellen Farben. Bunte Vorhänge geben ihnen zusätzlich Schwung, ebenso wie die liebevoll gestaltete Deko, die in jedem Zimmer anders ist. Gut, Annie liegt als Werbekauffrau der Blick für die Zusammenstellung von Accessoires im Blut, aber ihre Raumgestaltung ist dennoch etwas Besonderes.

»Wie läuft es mit deinen Aufträgen?«, frage ich, als sie mir den Inhalt ihres Kleiderschranks zeigt, aus dem ich mich frei bedienen darf. »Hast du viel zu tun?«

»Manchmal mehr als mir lieb ist«, erwidert sie. »Deswegen muss ich mich heute Abend auch leider ins Arbeitszimmer zurückziehen. Eigentlich hätte die Webseite, die ich für einen Kunden erstelle, gestern schon fertig sein müssen.«

Hallo, schlechtes Gewissen. Beschämt nage ich an meiner Unterlippe. Das ist alles meine Schuld. Ich bringe hier so vieles durcheinander.

Annie legt den Arm um meine Schultern. »Mach dir keinen Kopf, der Auftraggeber hatte Verständnis für die Notsituation. Vor allem, da ich ihn frühzeitig informiert habe.«

Ich lächle sie dankbar an, während sich das schlechte Gewissen in meinem Innern regelrecht überschlägt. Mannomann, hoffentlich kann ich das jemals wieder gutmachen.

Die Rundtour endet im Anbau, den Annie artgerecht für die Tiere umgebaut hat. Das Streifenhörnchen Chippi ist in einem Außengehege untergebracht. Durch ein Türchen ragt ein Ast der Klettervorrichtung, die an einen Baum erinnert, ins Innere, sodass Chippi hin und her wechseln kann. Im Innengehege steht ein großes Hundekörbchen, in dem es sich ein Bobtail bequem gemacht hat. Als wir hereinkommen, hebt er den Kopf, macht aber keine Anstalten aufzustehen. Ich ahne, warum das so ist, als ich das Hörnchen auf seinem Rücken entdecke.

Chippis Innengehege ist vom großen Raum mithilfe eines großmaschigen Drahtgeflechts abgegrenzt, durch den das Hörnchen schlüpfen kann, die restlichen Tiere aber nicht. Im Gemeinschaftsraum gibt es mehrere Decken, Körbchen und Kratzbäume. Auch Spielzeug ist reichlich vorhanden. Von diesem Raum führen Klapptüren zu einzelnen kleineren Bereichen sowie unterschiedlich große Klappen nach draußen.

»Die Durchgänge werden über Sender in den Halsbändern gesteuert, die ich individuell programmieren kann«, erklärt Annie mir. »Die Katzen können direkt ins Freie, die Hunde nur zu einem eingezäunten Stück des Gartens. Außerdem regle ich über die Sender, wer in welchen Einzelbereich hier drinnen gelangt. So hat jedes Tier seinen eigenen Rückzugsort. Nur Bonnie und Clyde haben ein gemeinsames Reich. Die sind aber eh unzertrennlich.«

Sie deutet auf zwei Katzen, die einträchtig auf der obersten Plattform eines Kratzbaumes liegen. Die eine ist grau mit weißem Latz, die andere braun mit einer nahezu identischen helleren Brustfärbung.

»Die beiden sind Geschwister und passend zu ihren Namen ein wenig unberechenbar.«

»Inwiefern?« Ich ziehe die Augenbrauen hoch. »Zücken sie ihre Pistolen, wenn man sich ihnen in den

Weg stellt?«

»So ähnlich«, erwidert Annie grinsend. »Allerdings brauchen sie keine Pistolen, Zähne und Krallen reichen ihnen als Waffen aus. Sie lassen sich streicheln, aber wenn sie genug haben, kann es ohne Vorwarnung blutig werden. Außerdem darf man die beiden nicht trennen, sonst drehen sie durch.«

Okay, ich notiere im Hinterkopf, dass man sich von den Katzen besser fernhält. Offenbar haben alle ihre Macken, was Streicheleinheiten angeht.

Annie deutet auf die vierte Katze, die bei ihr untergekommen ist.

»Blacky hingegen liebt Kuscheln und Körperkontakt. Sie braucht Spezialfutter, weil sie Nierenprobleme hat. Seitdem sie vom Tierheim hierher umgezogen ist, geht es ihr schon viel besser.«

Natürlich. Welches Tier würde bei Annies liebevoller Betreuung nicht aufblühen? Alles, was sie hier eingerichtet hat, ist beeindruckend. Sie versucht wirklich, den Bedürfnissen jeder Fellnase gerecht zu werden.

Zuletzt lerne ich noch den dritten Hund im Bunde kennen. Es ist ein hellbrauner Jack Russel, der auf den Namen Spike hört. Als Annie ihn ruft, fängt er an, auf den Hinterbeinen Pirouetten zu drehen und dabei laut zu kläffen.

»Wie du siehst, ist er etwas kirre.« Sie gibt einen zischenden Laut von sich und macht eine Handbewegung in Spikes Richtung. Sofort beendet er die Drehungen, geht jedoch vom Bellen in Jaulen über. Annie zieht mich kopfschüttelnd weiter. »Am besten ignorierst du ihn.«

DAS SOLLTE MIR NICHT SCHWERFALLEN.

Gerade als wir den Tierbereich verlassen wollen, kommt Kitty durch die Katzenklappe. Prompt verzieht Spike sich in eine Ecke und bedeckt die Nase mit den Pfoten.

»Sie hat ihm auf eindrucksvolle Weise klargemacht, was sie von seinem Gehabe hält«, sagt Annie lachend. »Kitty ist hier übrigens die Diva. Sie kommandiert alle rum, selbst Muju legt sich nicht mit ihr an. Zumindest, so lange sie sich von Chippi fernhält.«

Nachdem ich auch den Vorratsraum mit Tierfutter, Katzenstreu und Medikamentenschrank gesehen habe, gehen wir ins Haupthaus zurück.

»Ist es in Ordnung, wenn ich mich jetzt ins Arbeitszimmer verziehe?«, fragt Annie.

»Na klar.« Ich nicke. »Der lange Spaziergang hat mich eh ein wenig müde gemacht. Mir ist nach einem heißen Bad und danach gehe ich schlafen.«

»Wunderbare Idee. Die Badezusätze stehen in dem Hängeschrank rechts vom Spiegel. Nimm dir, was du brauchst, und fühl dich wie zu Hause.«

DAS HIER IST SOGAR BESSER ALS ZU HAUSE.

Am nächsten Morgen finde ich auf dem Küchentisch eine Notiz von Annie vor.

Bin bei einem Geschäftstermin und mache danach Besorgungen.
Im Bad steht eine kühlende, schmerzlindernde Lotion für Deine Prellungen bereit.
Der Arzt kommt am Vormittag vorbei.

Die Frau hat nicht nur ein Gespür für das Leid von Tieren. Meine Rippen schmerzen in der Tat mehr als gestern und auch die lädierten Stellen an Oberschenkel und Schulter könnten Kühlung gebrauchen. Ich setze Kaffee auf und gehe zurück nach oben.

Die milchige Lotion riecht etwas stark, ich vermute Menthol oder so was in der Art. Merkwürdigerweise schwingt auch eine blumige Note darin mit. Nur ganz schwach, aber ich nehme es wahr. Verteilen lässt sie sich gut, allerdings zieht sie nicht besonders schnell ein. Nur in Slip und BH warte ich darauf, als mich der schrille Ton der Türklingel aufschreckt.

Mist, ist das etwa der Arzt? Ausgerechnet jetzt. Tolles Timing.

Grummelnd schlinge ich mir ein Badehandtuch um und gehe barfuß nach unten. Ein ungeduldiges Klopfen lässt mich schneller werden.

HERRGOTT, ICH BIN DOCH SCHON UNTERWEGS.

»Ja-a«, rufe ich aus, damit der Arzt nicht die kleine Scheibe der Tür einschlägt, deren Festigkeit er mit seinen Knöcheln wieder und wieder testet.

Der Besucher schaut daraufhin durch die Scheibe und mir stockt der Atem. Marzipankartoffelauge!

Unsere Blicke treffen sich, ich achte nicht weiter auf meine Schritte, vertrete mich, fuchtle mit den Armen, gerate ins Fallen, knalle mit dem Hintern auf die Treppe und mit der Schulter an die Wand. Die letzten Stufen rutsche ich unsanft hinunter, stoße am Ende mit dem Fuß die Laterne um, die auf der untersten Stufe steht. Es scheppert, das Glas zerbricht und schneidet in meine Haut, als ich versuche, den Schwung meines Falls abzufangen. Benommen bleibe ich liegen, während sich an verschiedenen Stellen meines Körpers der Schmerz ausbreitet.

»Hallo?«, ruft Marzipankartoffelauge in einem besorgten Tonfall. »Können Sie sich bewegen?«

Vorsichtig teste ich Kopf, Arme und Beine. Kein angenehmes Gefühl, aber es geht.

»Ja.«

»Falls Sie es schaffen, mir die Tür zu öffnen, helfe ich Ihnen.«

Ich blicke zu ihm auf. Seine Nase klebt an der Scheibe, die mehr und mehr beschlägt. Immer undeutlicher wird sein Gesicht. Er wischt mit dem Ärmel über die Scheibe, starrt dann wieder besorgt in meine

Richtung.

»Wenn es nicht geht, bleiben Sie einfach liegen. Ich finde schon einen Weg ins Haus. Notfalls schlage ich ein Fenster ein.«

Ist das sein Ernst? Herrje, nur das nicht.

»Nein, nein, es geht schon«, antworte ich schnell. Meine Bewegungen sind hingegen das genaue Gegenteil, als ich mich daran mache mich aufzurappeln. Langsam und behäbig sortiere ich meine Gliedmaßen und erhebe mich. Erst als ich aufrecht stehe, merke ich, dass das Handtuch noch auf der Treppe liegt. Oh nein! Beschämt kreuze ich die Arme vor der Brust.

»Die Tür«, erinnert er mich. »Lassen Sie mich rein. Ich tue Ihnen nichts, sondern will nur helfen.«

Ja, das weiß ich dank Annies Notiz. Hilfe, die ich angesichts der blutenden Wunde an meinem Fuß und den anderen schmerzenden Stellen gut gebrauchen kann. Trotzdem mache ich erst einen Schritt zurück, hole das Handtuch, halte es mir vor die Brust und öffne dann die Tür.

»Alles in Ordnung so weit?« Vorsichtig legt er seine Hände an meinen Kopf, dreht ihn sanft hin und her, sieht mir am Ende tief in die Augen. »Sehen Sie alles klar und deutlich? Der Rums, den Sie da hingelegt haben, war ganz schön heftig.«

Ja, alles deutlich zu erkennen. Vor allem die kleinen dunkelbraunen Sprenkel in den Augen, die mich erneut an Marzipankartoffeln erinnern. Trotzdem blinzle ich – sein Blick ist einfach so intensiv.

Als er die Stirn runzelt, räuspere ich mich.

»Mir geht es gut«, sage ich und löse mich aus seinem Griff.

»Gut.« Er lächelt verhalten, sieht dann an mir herunter.

Hey! Augen geradeaus, Mister.

Unwillkürlich presse ich das Handtuch fester an mich.

»Die Wunde am Fuß muss versorgt werden«, stellt er indes fest. »Am besten in der Küche. Und noch besser, ohne dass Sie erneut in die Scherben treten.«

Ich sehe nach unten. Mein Knöchel ist blutverschmiert, überall liegen Glassplitter von der zerbrochenen Laterne. Da barfuß hindurchzukommen wird eine Herausforderung.

»Nicht erschrecken, aber ich nehme Sie jetzt auf die Arme«, warnt Marzipankartoffelauge mich vor. Ehe ich protestieren kann, setzt er seine Ansage bereits in die Tat um. Ein beherzter Griff und schwupps liege ich, gebettet auf seinen Armen, in der Horizontalen.

Huch.

Es knackt und knirscht unter seinen Schuhen, als er die Scherben überquert. Ohne Mühe trägt er mich in die Küche, wo er mich auf einem der Stühle absetzt.

»Danke«, sage ich und ziehe schnell das Handtuch

zurecht, damit es so viel wie möglich von mir verdeckt. Ich muss das Ding endlich wieder vernünftig um mich schlingen, bevor ich hier erneut eine Peepshow hinlege. Bittend sehe ich ihn an. »Würden Sie sich vielleicht kurz umdrehen?«

Er zieht die Stirn kraus. »Ernsthaft? Soll ich nicht erst die Wunde versorgen?«

»Biiitte.«

Er zuckt mit den Schultern und dreht sich um. »Wie Sie wünschen. Dann nutze ich mal die Chance und hole meine Tasche. Die steht eh noch an der Tür.«

Als er die Küche verlässt, sehe ich ihm erleichtert hinterher. Kaum hat er die Tür hinter sich geschlossen, stehe ich auf und wickle das Handtuch stramm um meinen Oberkörper. Beim Reinstopfen des Zipfels, der das Halten sichern soll, gebe ich mir besondere Mühe. Okay, der Kerl ist Arzt, aber er hat trotzdem weiß Gott genug Haut von mir gesehen.

Ein Klopfen an der Küchentür lässt mich den Kopf heben.

»Darf ich wieder reinkommen?«, fragt der Doktor.

Oh, er hat ja doch Manieren. Etwas, das er nach unserem gestrigen Zusammenstoß nicht zur Schau getragen hat. Seine Sympathiepunkte steigen.

»Ja«, antworte ich und setze mich hin. Das Handtuch bedeckt nun zwar nur gut die Hälfte meiner Oberschenkel, aber dafür droht es nicht mehr zu verrutschen.

Der Doktor öffnet die Tür und gesellt sich wieder zu mir. Als er vor mir steht, reicht er mir die Hand.

»Bevor ich mir die Wunde ansehe, stelle ich mich erst mal vor. Hallo, ich bin Doktor Greene.«

Noch ein Sympathiepunkt mehr.

Ich ergreife seine Hand und schüttle sie kurz. »Hallo, mein Name ist Catherine Oatman. Ich wohne ein paar Tage bei Annie.«

Er lächelt. »Hm, der Notfall aus Colorado Springs? Davon hat sie mir erzählt.«

Ja, natürlich. Ich schlage mir gedanklich vor die Stirn. Deswegen ist er hier. Um nach mir zu sehen. Weil Annie ihm Bescheid gegeben und um eine Untersuchung gebeten hat.

»Okay.« Er klatscht in die Hände. »Dann schaue ich mir das Dilemma mal an. Im Gegensatz zu unserer letzten Begegnung habe ich dieses Mal nämlich etwas Zeit.«

Aha, er erinnert sich also an gestern. Besonders rühmlich hat er sich da ja nicht verhalten. Ein Gedanke, der in den Hintergrund tritt, als der Doktor sich vor mir hinkniet, behutsam den verletzten Fuß anhebt und ihn auf seinem Knie bettet. Er schaut sich die Wunde an, die mit einem Mal kaum noch schmerzt. Stattdessen durchläuft mich ein wohliger Schauer. Fasziniert beobachte ich, wie Dr. Greene die Schnittwunde vorsichtig säubert.

»Ich glaube, das muss nicht genäht werden. Ein Pflaster sollte reichen. Oder möchten Sie lieber einen Verband als Schutz?«

Er schaut zu mir auf und ich versinke in den Marzipankartoffeln.

»Catherine?« Irritation zeigt sich in seinem Blick.

»Ja?«

»Pflaster oder Verband?«

WAS?

»Äh, ein Pflaster sollte reichen.«

»Wie Madame wünschen.« Er kramt in seiner Tasche, zieht eine kleine Box hervor, deren Deckel von Tiermotiven geziert wird, und entnimmt daraus ein breites Pflaster. Nachdem er es auf die Wunde geklebt hat, setzt er meinen Fuß wieder ab.

Doch anstatt nun zu mir aufzuschauen, heftet sich sein Blick auf die blauen Blessuren an meinen Beinen. Kopfschüttelnd reißt er sich davon los, schaut hoch und erneut verharrt sein Blick, dieses Mal an dem großen dunkelvioletten Fleck an der Schulter, auf die ich in Colorado Springs gefallen bin.

»Das sieht alles verdammt schmerzhaft aus. Und ich traue mich fast nicht zu fragen, wie das passiert ist.«

»Am besten zeige ich Ihnen den Arztbericht, darin steht alles Wichtige«, antworte ich und greife nach dem Umschlag, den ich im Krankenhaus bekommen habe.

Als ich ihn Dr. Greene reiche, stutzt er kurz, doch er nimmt ihn mir ab. Nachdem er sich erhoben hat, holt er den Bericht daraus hervor und fängt an, ihn zu lesen. Am Ende sieht er mich mit gerunzelter Stirn an.

»Wie geht es Ihnen inzwischen?«

»Dank Annie ganz gut. Durch sie habe ich eine Bleibe. Allerdings muss ich erst verdauen, dass unter meinen Nachbarn ein Pseudo-Chemiker steckt, der das Haus vorübergehend unbewohnbar gemacht hat.«

»Sie wussten das nicht von Ihrem Nachbarn?«

Ich schüttle den Kopf. »Nein, bisher kenne ich dort niemanden. Im Grunde war ich noch mit dem Einzug beschäftigt, als das alles passiert ist. Mein Leben ist gerade etwas aus der Bahn geraten.«

Dr. Greene nimmt auf einem der Stühle Platz und sieht mich auffordernd an, so als wolle er mir sagen, dass ich mir den Frust von der Seele reden soll. Ich zögere keinen Moment. Denn hey, er ist Arzt. Also schadet es sicher nicht, wenn er zusätzlich zu meinen körperlichen Verletzungen auch die seelischen kennt. So ein Beziehungsende nimmt einen schließlich immer ein wenig mit. Völlig ungehemmt erzähle ich von Bens Aussage, der Trennung, dem Umzug und meinem Frust, weil das die Freude an der Vorweihnachtszeit trübt. Es ist befreiend, dem Arzt das alles anzuvertrauen. Am Ende sehe ich ihn erwartungsvoll an. Vielleicht kommen jetzt ein paar Behandlungstipps, die nicht dem üblichen Klischee von Ablenkung, positiven Gedanken, viel frischer Luft oder so einem Kram entsprechen.

»Puh, da haben Sie einiges zu verdauen. Ich hoffe, es geht Ihnen bald wieder besser. Annies Gesellschaft ist da sicher hilfreich. Machen Sie sich ein paar schöne Tage in Snowflakes.«

HÄ? IST DAS ALLES, WAS ER DAZU ZU SAGEN HAT?

»Na, wenn das so ist«, erwidere ich ironisch und winke ab. »Annie und Snowflakes, die perfekte Verbindung. Da gehts mir sicher holterdiepolter wieder bestens.«

»Wie gesagt, das hoffe ich.« Der Doktor erhebt sich und greift nach seiner Tasche. »Entschuldigen Sie, aber wenn es okay für Sie ist, würde ich jetzt gerne nach der Patientin sehen.«

Stirnrunzelnd blicke ich ihn an. »Äh, ich bin doch die Patientin.«

Dr. Greenes Augen weiten sich. »Das glaube ich nicht. Ich bin zwar Arzt und habe einen Doktortitel, allerdings in Veterinärmedizin.«

»Soll das heißen, ich habe gerade vor einem Tierarzt mein Seelenleben ausgebreitet?«, rufe ich aus und springe auf. Vor Schreck bleibt mir der Mund offenstehen.

Der von Dr. Greene verzieht sich dagegen amüsiert. »Ja, ich fürchte schon. Aber falls es Sie beruhigt, ich bin verschwiegen.«

Ganz ehrlich, am liebsten würde ich ihn auf der Stelle erwürgen.

Kapitel 6

Immer noch verdattert schaue ich Dr. Greenes Wagen nach, als dieser vom Grundstück rollt. Gott sei Dank ist er endlich weg. Die Untersuchung von Blacky hat länger gedauert, als ich das erwartet habe. Notdürftig in einen Kittel gehüllt und mit Schlappen an den Füßen – beides Funde in der Küche – habe ich ihm aus sicherer Entfernung zugeschaut. Erstaunlich, wie redselig der Kerl in Gegenwart der Katze war. Jede Untersuchung und das jeweilige Ergebnis hat er ihr erklärt. Oder mir, wer weiß das schon. Angesehen hat er jedenfalls nur die Fellnase.

Seufzend schließe ich die Haustür. Er hat mir zwar versichert, dass er verschwiegen ist, aber ich wünsche mir trotz allem immer noch ein Loch, in das ich versinken kann. Herrgott, war das peinlich …

Nachdem ich mir Klamotten angezogen habe – die Lotion hatte wahrlich genug Zeit um einzuziehen – fege ich die Scherben im Hausflur zusammen. Danach gönne ich mir erst mal einen Kaffee. Während ich ihn genieße, sinniere ich noch mal über die zweite Begegnung mit Marzipankartoffelauge nach.

Schade eigentlich, dass ich mich so blamiert habe, denn irgendwie ist er schon faszinierend. Aber ich kann ihm unmöglich ein weiteres Mal gegenübertreten, ohne vor Scham im Boden zu versinken.

Plötzlich fallen mir die Kekse ein, die ich als Entschädigung für ihn gekauft habe. Ich hole sie aus der Jackentasche hervor und überlege, was ich damit mache.

Wegschmeißen? Nein, zu schade. Außerdem wirft man Lebensmittel nicht einfach weg.

Aufessen? Nein, sie würden mich bei jedem Bissen an ihn und die Schmach erinnern.

Annie schenken, schließlich sind es ihre Lieblingskekse? Wäre ein Ausweg.

Der mich allerdings auch nicht völlig überzeugt. Also beschließe ich, sie vorerst in meinem Zimmer zu lassen, bis ich mich entschieden habe oder mir etwas Besseres eingefallen ist.

Einige Zeit später klingelt es erneut. Dieses Mal komme ich angezogen, gesittet und ohne Zwischenfall bis zur Haustür. Auf der anderen Seite steht ein Mann mit Vollbart – schon wieder. Nachdem ich geöffnet habe, mustern wir uns gegenseitig. Er ist attraktiv, kann allerdings nicht mit Marzipankartoffelauge mithalten. Seine Augen sind grün-braun – wenig spektakulär, reiner Durchschnitt. Doch er punktet mit einer stattlichen Größe, einem durchtrainierten Körper und einer feschen Frisur, bei der ihm eine Strähne aufreizend in die Stirn fällt.

»Hallo, ich bin Doktor Sharpe. Sie sind bestimmt Ms. Oatman. Annie hat mich angerufen, damit ich nach Ihnen sehe.«

»Was für eine Art von Arzt sind Sie?«, erkundige ich mich.

HEY, SICHER IST SICHER.

Noch einen blamablen Auftritt verkrafte ich nicht.

»Allgemeinmediziner, aber keine Sorge, ich kenne mich dank eines Semesters und eines ausgiebigen Praktikums in Unfallmedizin mit Sturzverletzungen aus. «

»Humanmedizin?«, hake ich nach.

WIE GESAGT, SICHER IST SICHER.

Dr. Sharpes Stirn legt sich in Falten. »Natürlich, was denn sonst?«

Äh ja, wie erkläre ich ihm das jetzt? Am besten gar nicht. Also lächle ich, zugegeben ein wenig verlegen, und mache eine einladende Handbewegung. Seine

Stirn ist immer noch leicht gerunzelt, als er an mir vorbeitritt.

Ich geleite ihn in die Küche, wo ich ihm den Arztbericht überreiche. Er liest ihn ähnlich aufmerksam, wie Dr. Greene es getan hat. Als er fertig ist, holt er ein Tablet hervor.

»Geben Sie mir einen Moment, damit ich die Chemikalien nachschlagen kann. Sie sind mir zwar im Einzelnen bekannt, aber die Folgen des Zusammenwirkens sind mir bisher nicht untergekommen.«

»Kopfschmerzen, Sehstörungen, Ohnmacht«, rattere ich die Folgen runter, die bei mir aufgetreten sind.

»Ja, das steht auch im Arztbericht«, entgegnet Dr. Sharpe. »Darf ich trotzdem kurz?«

Er wedelt mit dem Tablet, bis ich nicke. Bevor er loslegt, biete ich ihm noch an, sich zu setzen, was er mit einem dankbaren Lächeln macht. Ich nehme ebenfalls Platz und beobachte ihn ungeniert, während er konzentriert auf dem Display herumtippt, liest, wischt, wieder tippt und so weiter.

Die vorwitzige Haarsträhne reicht bis zu dem kleinen V, das sich über seiner Nasenwurzel gebildet hat. Zweimal streicht er sie beiseite, aber sie sucht sich immer sofort wieder zielsicher ihren Platz. Über der rechten Augenbraue entdecke ich eine kleine Narbe. Während ich darüber sinniere, wie er sich die zugezogen hat, blickt Dr. Sharpe auf.

»Alles klar, jetzt bin ich im Bilde. Hatten Sie nach der Entlassung aus dem Krankenhaus noch Sehstörungen oder Schwindelgefühle?«

Nur, wenn ich in die Marzipankartoffelaugen geschaut habe. Aber das sollte ich so wohl besser nicht sagen.

»Ja, bei Erschütterungen sehe ich leicht unscharf.«

»Erschütterungen?« Dr. Sharpe sieht mich irritiert an.

»Keine Erdbeben, falls Sie das jetzt denken«, stelle ich klar. »Eher, na ja, bei Zusammenstößen. Ich … äh … also … bin da versehentlich in jemanden reingerannt.«

»Verstehe.«

WIRKLICH? DAS BEZWEIFLE ICH IRGENDWIE.

»Außerdem brauche ich ungewöhnlich viel Schlaf«, füge ich schnell hinzu.

Dr. Sharpe schiebt ein weiteres Mal die Strähne zur Seite und reibt sich über die Stirn.

»Das liegt sicher an der Gehirnerschütterung, die Sie bei dem Sturz erlitten haben. Wie sieht es mit Übelkeit aus? Kopfschmerzen?«

»Die Kopfschmerzen sind weg und übel war mir zum Glück gar nicht.«

»Na, das ist doch schon mal was.« Dr. Sharpe nimmt sein Tablet und macht darauf ein paar Notizen. Danach schaut er wieder zu mir. »Dann würde ich mir jetzt gerne ein Bild von den Prellungen machen.«

Nachdem auch das erledigt und das Ergebnis vermerkt ist, atmet der Arzt durch.

»Die Prellungen werden Sie noch etwas begleiten, aber es sollte täglich besser werden. Soll ich Ihnen ein Schmerzmittel verschreiben?«

»Nein, nicht nötig. Annie hat da so eine Lotion, die mir guttut.«

Seine Miene erhellt sich. »So ein Zeug, das wunderbar kühlt, jedoch ewig nicht einzieht?«

Ich nicke.

»Typisch Annie.« Er schüttelt amüsiert den Kopf.

Seine Reaktion macht mich hellhörig. »Wieso, was ist damit?«

Dr. Sharpe hebt die Arme. »Oh, das lassen Sie sich besser von Annie erklären. Ich halte mich da raus. Wichtig ist doch nur, dass Ihnen das Zeug hilft.«

Ich lege den Kopf schief und mustere ihn. Im Grunde hat er wohl recht, aber warum hat er es dann erwähnt und will mir nichts Näheres dazu sagen?

MERKWÜRDIG, SEHR MERKWÜRDIG.

Da ich das Gefühl habe, keine Antwort aus ihm herauszubekommen, egal, was ich auch tue oder von mir gebe, belasse ich es dabei. Annie hingegen wird mir definitiv nicht so einfach davonkommen.

»Kann ich sonst noch etwas für Sie tun?«, fragt er mit einem Lächeln. Einem äußerst charmanten Lächeln, das mir die Knie weich werden lässt.

Holla, wo hat er das denn so plötzlich hergezaubert?

»Momentan nicht, aber falls mir in den nächsten Tagen langweilig wird, komme ich vielleicht darauf zurück«, antworte ich, begleitet von mehreren kecken Wimpernschlägen. Die ich ganz schnell wieder sein lasse, als sie sich wie kleine Nadelstiche hinter den Augäpfeln anfühlen. Mit einem tiefen Atemzug und geschlossenen Augen versuche ich den Schmerz zu vertreiben.

»Was ist?«, fragt Dr. Sharpe besorgt. Mit festem Griff legt er seine Hände an meine Oberarme, so als wolle er mich stützen. »Ist Ihnen schwindelig?«

Ich öffne die Lider, sehe ihn an und schüttle leicht den Kopf. »Nein, alles bestens. Mir taten nur kurz die Augen weh.«

›Kleine Sünden bestraft der liebe Gott sofort‹, geht es mir durch den Kopf. Was flirte ich hier auch einen völlig Fremden an. Selber schuld.

»Was war das für ein Schmerz?«

»Nichts weiter.« Ich löse mich aus seinem Griff. »Nur zu heftiger Augenaufschlag. Alles schon wieder vergessen. Kommen Sie, ich bringe Sie zur Tür. Schließlich habe ich Sie lange genug aufgehalten.«

Er rührt sich nicht von der Stelle, mustert mich weiterhin argwöhnisch.

»Es war wirklich nicht schlimm«, versichere ich ihm.

»Gut, Ihre Entscheidung. Aber wenn sich das wiederholt oder andere Beschwerden auftreten, melden Sie sich, einverstanden?«

»Mache ich.«

»Egal, um was es geht oder wie spät es ist.«

Der meint es ja wirklich ernst. Im letzten Moment kann ich ein Augenrollen verhindern.

»Ja-a, versprochen«, erwidere ich und weise in Richtung Tür.

Endlich setzt er sich in Bewegung und wenig später bin ich wieder allein im Haus. Na ja, nicht ganz alleine, schließlich lauern nur eine Tür weiter acht Vierbeiner in ihren Verliesen. Die gerade erstaunlich ruhig sind. Verdächtig ruhig sogar. Ob ich mal nach dem Rechten sehe?

Unschlüssig stehe ich im Hausflur und wäge ab. Am Ende siegt die Sorge oder Neugierde oder was auch immer. Auf jeden Fall öffne ich die Tür zum Anbau einen Spalt weit und spähe ins Reich der Tiere. Alles friedlich, alle noch da, bestens. Beruhigt schließe ich die Tür wieder und kehre in die Küche zurück.

Wenig später – ich habe gerade Tee aufgegossen – kündigt das knatternde Geräusch von Annies Van ihre Rückkehr an. Mit strahlenden Augen und zwei braunen, prall gefüllten Papiertüten betritt sie das Haus.

»Guten Morgen«, begrüßt sie mich. »Wie geht es dir heute?«

OH BESTENS, NACHDEM ICH MICH VOR DEM TIERARZT BLAMIERT UND DEN RICHTIGEN ARZT ANGEFLIRTET HABE.

»Gut, danke. Ich hatte sogar schon Besuch – *ZWEIFACHEN*.«

Die Brauen meiner Freundin schnellen nach oben. »Ach ja? Erzähl.«

Ich schenke uns Tee ein und wir machen es uns im Wohnzimmer auf dem Sofa gemütlich. Neugierde steht in Annies Blick geschrieben, als sie den Dampf wegbläst, der aus ihrem Becher aufsteigt, und mich dabei ansieht.

»Nun ja«, beginne ich. »Zunächst kam ein vollbärtiger, gut aussehender Mann vorbei, der sich als Doktor vorgestellt hat.«

»Was ich dir ja in der Nachricht angekündigt hatte«, wirft Annie ein.

»Ja genau, weswegen ich ihm auch den Arztbericht gezeigt habe. Nachdem er meine Verletzung versorgt hat, habe ich ihm vertrauensvoll alles über meine kürzliche Trennung, das Dilemma in meinem Wohnhaus und den daraus resultierenden Sturz erzählt.«

»Finde ich gut, dass du so offen warst. Neill ist sehr fürsorglich, bei ihm bist du in guten Händen.«

»Tja, das mag sein«, entgegne ich. »Nur hat sich ganz am Ende herausgestellt, dass gar nicht ICH die Patientin war, nach der er schauen wollte.«

»Sondern?« Meine Freundin schaut mir verwundert entgegen.

»Er hatte einen Termin mit Blacky. Weil es nämlich Doktor Greene war, der *TIER*arzt.«

Annies Augen weiten sich, dann fängt sie schallend an zu lachen. Ich muss ihr den Becher abnehmen, da er kurz vorm Überschwappen ist.

»Du hast Jared für den Arzt gehalten, den ich hergebeten habe?« Sie schlägt sich vor Lachen auf die Schenkel. »Köstlich. Das hätte ich zu gerne gesehen.«

»Jared?«, wispere ich verblüfft, was völlig in Annies Lachen untergeht. Dann fällt es mir plötzlich wie Schuppen von den Augen und meine Hand klatscht sinnbildlich gegen die Stirn. Natürlich. Annie hat erwähnt, dass dieser Jared, der ihre Augen zum Leuchten bringt, Tierarzt ist und vorübergehend die Praxis von Dr. Stanton führt.

Ich stelle die Becher auf dem Tisch ab und lehne mich auf dem Sofa zurück. Warum ist mir das nicht eher klar geworden? Der Sturz hat meinen Kopf ganz schön durcheinandergebracht. Oder waren es die Marzipankartoffelaugen?

»Äh, dir ist schon bewusst, dass ich mein Seelenleben vor einem *TIER*arzt ausgebreitet habe?«, werfe ich ein, als Annies Lachen langsam versiegt.

Sie winkt ab. »Ach, das ist nicht so schlimm, er wird es für sich behalten. Jared ist eher wortkarg. Außer bei Tieren, denen erzählt er gerne etwas.«

DAS IST MIR AUCH AUFGEFALLEN.

»Aber es ist mir peinlich. Er ist ein Wildfremder, dem ich sogar die kürzliche Trennung von meinem Freund anvertraut habe.«

»Na ja, du wusstest doch nicht, dass er der Tierarzt ist. Viel krasser sind da die Frauen, die sich Tiere anschaffen, damit sie regelmäßig in seiner Praxis auftauchen können.«

Mir klappt die Kinnlade runter. »In Snowflakes gibt es Frauen, die das machen?«

Meine Freundin grinst und zwinkert mir zu. »Mehr als du ahnst.«

»Und das stört dich nicht?« Ich bin überrascht, wie locker sie das nimmt.

Sie zuckt mit den Schultern. »Nein, ich weiß ja, dass die Tiere bei ihm an erster Stelle stehen und er dann kaum etwas um sich herum wahrnimmt.«

Wow, ich beneide sie um diese entspannte, vertrauensvolle Art.

Annie greift nach unseren Bechern, reicht mir meinen und fragt nach dem zweiten Besucher.

»Das war dann aber hoffentlich Doktor Sharpe.«

Ich nicke.

Sie lehnt sich zurück und sieht mich erwartungsvoll an. »Was hat die Untersuchung ergeben?«

In einer Kurzfassung gebe ich den Ablauf von Dr. Sharpes Besuch wieder. Bei der Erzählung, wie akribisch ich nachgehakt habe, ob er auch wirklich der Humanmediziner ist, den Annie mit der Nachricht angekündigt hat, bricht sie das zweite Mal in herzhaftes Lachen aus.

»Du bist sooo witzig«, gibt sie prustend von sich. »Das verspricht eine Menge Spaß in den nächsten Tagen. Super, dass es dir schon besser geht.«

»Übrigens auch dank deiner Lotion. Was ist das eigentlich für ein Zeug? Doktor Sharpe hat merkwürdig auf sie reagiert.«

»Ähm …« Annie lächelt verschmitzt.

Ich runzle die Stirn. Oh, oh, den Blick kenne ich.

Das kann nichts Gutes bedeuten.

Kapitel 7

Annie hat was ausgeheckt, ganz sicher. Dieses besondere Grinsen, bei dem sie den Kopf schief legt und sich kleine Grübchen an den Mundwinkeln bilden – ich bin auf alles gefasst.

Aber warum eigentlich? Hey, das war nur eine Lotion. Die mir sogar sehr gutgetan hat. Was kann also schon Schlimmes dahinterstecken? Der Gedanke entspannt mich. Trotzdem will ich es wissen. Ich strecke das Kinn vor, sehe Annie mit einem ›nun sage es endlich‹-Blick tief in die Augen.

»Es ist so«, beginnt sie. »Jared hat mir da mal ein Gel gegeben …«

Mir schwant etwas, das meinen Hypnose-Blick in Richtung eines bösen wandelt. Nee, oder? Tiermedizin? Wirklich?

»Allerdings riecht es sehr stark«, fährt Annie fort.

Ach was, das war bei der Lotion nicht anders.

»Also habe ich es mit einer gut riechenden Körperlotion gemischt.« Annie senkt den Kopf, schleicht sich damit aus dem Blickkontakt. Ihre Mundwinkel zucken jedoch verdächtig.

So langsam werde ich echt ungeduldig.

»Und was ist die Grundsubstanz des Gels, das dir dein geliebter Tierarzt gegeben hat?«

»Es ist ein Kühlgel … für Pferde.«

»Für *PFERDE*?«, wiederhole ich mit schriller Stimme. »Du gibst mir etwas, das eigentlich an auskeilenden und bockenden Vierbeinern angewandt wird?«

»Na ja, so schlimm ist das nun auch wieder nicht. Erstens gibt es inzwischen viele Menschen, die auf Pferdesalbe schwören. Zweitens sind die meisten Pferde total lieb und nicht solche Höllentiere, wie du sie gerade gezeichnet hast. Und drittens hat dir das Zeug doch geholfen, oder?«

Hm, beim ersten Argument hat sie recht. Obwohl ich bisher einen großen Bogen um Pferdesalbe gemacht habe – wer weiß, was die mit einem macht, nachher wiehert man noch – ist das Zeug ein Verkaufsschlager in den Drugstores. Punkt drei geht auch an Annie – touché. Meine lädierten Stellen tun weniger weh, seitdem ich das Teufelszeug verwendet habe. Einzig beim Mittelteil bleibe ich weiterhin skeptisch. Pferde sind nun mal nicht mein Fall. Groß, unberechenbar, mit knallharten Hufen, für die sie in meinen Augen einen Waffenschein brauchen.

»Trotz allem hättest du es mir sagen müssen«, maule ich. »Wie mir scheint, sollten wir dringend an der Art deiner Mitteilungen arbeiten.«

Annie setzt sich gerade hin, macht ein feierliches Gesicht und verspricht es. »Ausführliche Notizen mit allem, was ich weiß. Aye, aye, Captain. Wird gemacht, sobald ich mir einen dicken Schreibblock zugelegt habe.«

Sie zwinkert mir zu und ich muss lachen. Ja, das könnte in der Tat umfangreich werden, wenn sie erst mal so richtig loslegt.

Während wir unseren Tee trinken, gehen wir die Liste der Twelve days of Christmas durch. Denn natürlich hat auch Annie einen Flyer mit den Terminen herumliegen. So wie eigentlich jeder in Snowflakes.

»Für den heutigen Bastelnachmittag habe ich weder Zeit noch Lust«, teilt sie mir mit. »Aber zum Mistelzweigtreffen gehen wir morgen, oder? Da wirst du eine Menge alter Bekannter treffen. Das könnte lustig werden.«

»Ich weiß nicht«, antworte ich wenig begeistert. »Dieses wilde Rumknutschen ist eigentlich nicht so mein Ding.«

Annie zieht eine Braue hoch. »Warum nicht? Du

bist Single und die Mistelzweigküsse sind völlig unverbindlich.«

»Genau diese Unverbindlichkeit mag ich nicht. Wenn ich einen Mann küsse, dann will ich dabei Schmetterlinge im Bauch haben, anstatt Angst, mir Herpes einzufangen.«

Meine Freundin bricht in Gelächter aus – mal wieder.

»Du musst dringend lockerer werden, Cat. Gönn dir mal ein bisschen Spaß, solange du hier bist. Du weißt doch, was in Snowflakes passiert, bleibt in Snowflakes. Niemand in Colorado Springs wird davon erfahren. Also los, leb dich aus, lass es richtig krachen!«

Skeptisch sehe ich sie an. Krachen lassen? *ICH*? Wann habe ich das zum letzten Mal gemacht?

Annie beugt sich vor und drückt mein Knie. »Du weißt doch noch, was Spaß ist?«

»Ja, natürlich«, empöre ich mich.

»Gut.« Sie grinst zufrieden. »Dann ist es also abgemacht: Wir gehen morgen zum Mistelzweigtreffen, Samstag toben wir uns beim Eislaufen aus und am Sonntag hören wir uns die Chöre an.«

MOMENT MAL, GLEICH ALLES?

Auf der einen Seite fühle ich mich überfahren, auf der anderen klingt es aber auch irgendwie verlockend, so wie früher mit Annie durch die Gegend zu ziehen.

Und hey, sie hat recht, niemand in Colorado

Springs bekommt es mit, wenn ich über die Stränge schlage. Das ist ja der reinste Freibrief …

Annie lehnt sich mit einem zufriedenen Seufzer auf dem Sofa zurück und trinkt ihren Tee aus. Dabei betrachtet sie mich aus dem Augenwinkel.

»Was?«, frage ich, da ich ihr ansehe, dass ihre Gehirnwindungen wie wild arbeiten. »Was heckst du jetzt schon wieder aus?«

»Och nichts.«

WARUM GLAUBE ICH IHR DAS NICHT?

»Ich habe nur überlegt, ob du Lust auf einen Spaziergang hast.«

»Klar habe ich das«, erwidere ich lächelnd.

»Prima.« Meine Freundin springt auf. »Dann zieh dir was Warmes an, wir drehen eine Runde durch das Waldstück hinterm Haus. Ich leine schon mal die Hunde an.«

Mit großen Augen sehe ich sie an. Na klar, ich hätte mir ja denken können, dass da ein Haken dran ist. Ihr Blick hätte mir eine Warnung sein sollen.

»Etwa mit den Hunden, von denen du mir in aller Ausführlichkeit erzählt hast, wie kirre sie sind?«, frage ich entsetzt. »Ehrlich gesagt, brauche ich dafür keine Vorführung. Ich glaube es dir auch so.«

»Ach.« Annie winkt ab. »Alles halb so schlimm, wenn man sie zu nehmen weiß. Außerdem habe ich sie heute in der Frühe, als du noch friedlich geschlafen hast, schon mit zum Joggen genommen und ordentlich ausgepowert. Die werden lammfromm sein.«

Lammfromm? Bei mir macht sich unwillkürlich die Vorstellung vom Wolf im Schafspelz breit.

»Cat, du kannst mir vertrauen«, reißt Annie mich aus den Gedanken. »Ich verspreche auch, die beiden nicht von der Leine zu lassen.«

Ganz überzeugt bin ich von der Idee nicht, trotzdem erhebe ich mich. Die Bewegung wird mir guttun und ich sollte nicht alles infrage stellen, was Annie vorschlägt. Sonst stehe ich in ihren Augen noch als Angsthase oder Spielverderber da. Sie gibt sich so viel Mühe, da kann ich ruhig mal über meinen Schatten springen. Außerdem: Was soll schon passieren, wenn sie dabei ist?

Getragen von dem Gedanken warte ich kurze Zeit später, warm eingepackt in Winterklamotten, vor dem Haus auf Annie und die Vierbeiner. Muju und Spike trotten in der Tat ganz friedlich neben ihr her, als sie sich zu mir gesellt. Sie reicht mir Sammy.

»Hier, nimm du ihn. Dann kann er mit. Den Weg schafft er sonst nicht und ihr seid ja inzwischen Freunde.«

WAS?

Ich trete instinktiv einen Schritt zurück, schaue mit gebührendem Abstand zu dem dunkelbraunen Bündel auf Annies Arm. Sammy richtet den Blick auf mich und in dem Moment ist es um mich geschehen. In seinen dunklen Augen ist so viel Freude und Zuneigung, dass ich gar nicht anders kann, als ihn vorsichtig zu übernehmen. Sein Körper zittert, aber er reibt sofort sein Köpfchen an meinem Arm.

»Hi, Sammy«, begrüße ich ihn mit sanfter Stimme. »Wollen wir ein wenig die Gegend erkunden?«

Er gibt ein leises Bellen von sich, das ich als ein Ja deute. Okay, dann sind wir uns wohl einig.

Annie lotst Spike links und Muju rechts neben sich. Die beiden parieren und schauen erwartungsvoll zu ihr auf. Mir schwant, dass es eine Art Ritual ist und erst losgegangen wird, wenn alle ruhig in ihrer Position sind.

»Sehr gut, Jungs«, lobt Annie die beiden.

Alles ist startbereit. Doch gerade, als wir losgehen wollen, klingelt ihr Handy.

»Das ist Jared«, erklärt sie und holt das Telefon hervor.

Aha, sie hat sogar einen eigenen Klingelton für ihn eingerichtet. Als ich den Song erkenne, fange ich an zu lachen. ›*Who Let The Dogs Out*‹, wie passend.

Mein Lachen erstirbt jedoch, als Fetzen des Telefonats bei mir ankommen.

»Ist ihnen etwas passiert?«, fragt Annie. Ihre Stimme klingt besorgt und ihr Körper spannt sich an.

Sofort werden die Hunde unruhig. Ich ebenso und natürlich wird auch bei Sammy das Zittern schlimmer.

»Ja, ja, selbstverständlich komme ich mit«, versichert sie. »Wann bist du hier?«

Oh Mist, das hört sich gar nicht gut an. Die beiden wechseln noch ein paar Sätze, dann steckt Annie das Telefon wieder in ihre Jackentasche.

»Was ist passiert?«, will ich wissen.

»Auf der Zufahrtsstraße zum Highway laufen zwei Pferde herum und die Idioten von der Polizei bekommen sie nicht eingefangen. Jetzt soll Jared helfen.« Sie drückt mir die Leinen der Hunde in die Hand. »Tut mir leid, aber ich kann nicht mitkommen.«

MOMENT MAL! WIE JETZT?

Sie glaubt doch nicht etwa, dass ich alleine mit den Hunden losziehe? Der Angsthase in mir geht in Abwehrstellung. Also *DAS* kann sie nun wirklich nicht von mir erwarten.

»Dann bring sie schnell wieder rein«, sage ich mit fester Stimme.

Annie sieht mich mit gerunzelter Stirn an, die Hektik steht ihr ins Gesicht geschrieben. Sie öffnet den Mund, um etwas zu sagen, wird jedoch davon abgelenkt, als ein grüner Geländewagen mit dem Veterinärzeichen auf der Fahrertür die Einfahrt hinaufbraust. Ich gehe unwillkürlich einen Schritt zurück. Annies Blick wandert zwischen Dr. Greenes Auto und mir hin und her. Die Hektik, die sie erfasst hat, verstärkt sich. Ich spüre deutlich den Zwiespalt, in dem sie steckt.

»Alles gut, ich schaffe das schon«, versichere ich ihr, um die Last zu verringern, der sie ausgesetzt ist.

Eine Spur Erleichterung zeigt sich bei ihr. Dankbar lächelt sie kurz, dann pressen sich ihre Lippen erneut zu einer schmalen Linie zusammen.

»Geh einfach den Hauptweg bis zur Gabelung und wieder zurück«, ruft sie mir zu, während sie zum Auto läuft. »Wenn die Großen ihr Geschäft machen, lass Sammy runter und warte, bis alle fertig sind.«

»Okay«, rufe ich zurück.

Sie reißt die Beifahrertür auf. »Danke, Cat, du bist die Beste. Ich habe dich lieb. Bis nachher.«

Die Tür knallt zu, der Motor heult auf, der Wagen wird gewendet und schlittert über den festgefahrenen Schnee zurück zur Straße. Ich schicke ein Stoßgebet zum Himmel, dass Dr. Greene das Fahrzeug unter Kontrolle behält.

Ein Ruck an einer der Leinen erinnert mich daran, dass ich nicht alleine bin. Spike tänzelt mal wieder auf den Hinterbeinen und dreht seine Runden.

»Aus!«, rufe ich, aber das interessiert ihn nicht. Ich ziehe an seiner Leine, doch auch das bringt keinen Erfolg.

Muju bellt ihn an, die Pirouetten werden nur noch schneller. Sammy schließt sich dem Protest des Bobtails an und mir platzen beinahe die Trommelfelle.

»Ruhig jetzt!«, schnauze ich die beiden an. Zack Ruhe, zwei Augenpaare richten sich erschrocken auf mich, nur Spike lässt sich nicht beirren und spielt weiter Ballerina.

NA TOLL, IN WAS HABE ICH MICH DA NUR REINGERITTEN. DAS WIRD DOCH NIE WAS.

Mit aller Macht versuche ich mich zu konzentrieren und daran zu erinnern, was Annie gemacht hat. Ihr zischender Laut fällt mir ein, den ich nach bestem Wissen imitiere. Spike zuckt nicht mal.

Wird dem nicht irgendwann mal schwindelig? Vielleicht sollte ich einfach warten, bis es so weit ist. Den Gedanken verwerfe ich jedoch wieder, als ein kalter Windstoß um die Ecke fegt. Bei Spikes Ausdauer sind wir wahrscheinlich zu Eisskulpturen erstarrt, bis er fertig ist. Mir muss etwas anderes einfallen.

Ich setze Sammy auf den Boden, nehme eine Leine links, die andere rechts und stelle mich zwischen die Hunde.

»Sitz!«, befehle ich in Spikes Richtung.

Zwei Hintern gehen nach unten, seiner allerdings nicht. Verdammt, ist der Kerl ungehorsam.

Ein Klappern ertönt und plötzlich ändert sich alles. Kittys Fauchen beendet abrupt die Drehungen. Spike jault auf und bringt sich hinter mir in Sicherheit. Kitty schreitet majestätisch, mit erhobenem Kopf und aufgerichtetem Schwanz an uns vorbei. Die Hunde geben keinen Mucks von sich, sondern stehen stramm wie beim Appell.

»Danke, Kitty«, sage ich mit einem Lächeln.

Sie würdigt mich keines Blickes, setzt ihren Weg unbeirrt fort und biegt einen Moment später um die Hausecke. Schnell nehme ich Sammy auf den Arm, umfasse mit festem Griff die Leinen und marschiere los, bevor Spike wieder in den Ballettmodus verfällt. Es funktioniert tatsächlich, er und Muju trotten zahm neben mir her. Erleichtert atme ich auf.

Der gesamte Spaziergang läuft wie am Schnürchen. Die beiden an der Leine schnüffeln und markieren, was das Zeug hält, und Sammy gibt mir durch Stupser mit der Nase zu verstehen, wenn er auf den Boden gesetzt werden will. Dann tippelt er zitternd auf seinen dünnen Beinchen durch den Schnee, hebt an einer Wehe das Bein, schnuppert noch hier und da, ehe er zu mir zurückkommt, um wieder auf den Arm genommen zu werden.

Nachdem alle auch das große Geschäft erledigt haben, treten wir den Rückweg an. Als wir zurück bei Annies Haus sind, bin ich stolz wie Bolle und kann es kaum erwarten, ihr zu erzählen, wie gut ich mich geschlagen habe.

Meine drei Begleiter trotten im Gemeinschaftsraum zu

ihren Plätzen und legen sich hin. Ich fülle noch die Wasserschalen auf, kraule Blacky eine Runde, werfe Kitty ein dankbares Lächeln zu und gehe zurück ins Haupthaus. In der Küche inspiziere ich den Inhalt des Kühlschranks. Mir ist nach Kochen und bestimmt freut Annie sich, wenn sie sich bei ihrer Rückkehr direkt an den gedeckten Tisch setzen kann.

Das Gemüsefach ist gut gefüllt mit allerlei frischen Sachen. Bingo! Alles da für einen leckeren Gemüseeintopf. Ich weiß, dass Annie den genauso liebt wie ich. Vor allem zu dieser kalten Jahreszeit.

Das Abschmecken mit Kräutern läutet eine Stunde später die fertige Mahlzeit ein. Jetzt fehlt nur noch die Hausbesitzerin. Ob sie die Pferde inzwischen zusammen mit Dr. Greene eingefangen und in eine sichere Unterkunft gebracht hat?

Sichere Unterkunft? Mir stockt kurz der Atem. Das wird doch wohl hoffentlich nicht hier sein? Dann schüttle ich den Kopf. Nein, bestimmt nicht. Wo sollte sie denn Pferde unterbringen?

Obwohl: Bei ihr weiß man nie.

Das Klingeln meines Handys reißt mich aus den Überlegungen. Auf dem Display wird Annies Name angezeigt. Na bitte, kaum denke ich an sie, meldet sie sich auch schon.

»Hey, Rettungsmission erledigt?«, frage ich.

»Ms. Oatman, hier ist Doktor Greene.«

»Oh hi, entschuldigen Sie, ich dachte, es wäre Annie.«

WAS ER SICH BESTIMMT GERADE SELBER GEDACHT HAT.

»Annie kann sich leider nicht bei Ihnen melden«, erklärt Dr. Greene mit leiser Stimme.

Aus irgendeinem Grund alarmiert mich der Tonfall, in dem Sorge mitschwingt.

»Warum nicht?«, frage ich und bete, dass es nur daran liegt, weil sie sich noch um die Pferde kümmert, was einfach länger dauert.

»Können Sie ins Krankenhaus kommen, Ms. Oatman? Annie hatte einen schweren Unfall.«

Mir bleibt das Herz stehen. Nein, bitte nicht. Das darf nicht sein.

Kapitel 8

Noch immer umfasse ich krampfhaft das Lenkrad von Annies Chevrolet, den ich in eine Lücke auf dem Krankenhausparkplatz manövriert habe. Ich brauche diesen Halt, während sich die Gedanken in meinem Kopf überschlagen. Wie geht es Annie? Was genau ist passiert? Wie konnte es dazu kommen?

»Steig aus, sonst wirst du es nie erfahren«, murmle ich vor mich hin.

Nach einem tiefen Atemzug ziehe ich den Zündschlüssel ab und öffne die Tür. Meine Schritte über den festgefahrenen Schnee auf dem Parkplatz sind eilig. Die Sorge um Annie wächst mit jedem Meter, den ich der Eingangstür näherkomme. Als sie vor mir aufschwingt, klopft mir das Herz bis zum Hals. Oh Gott, hoffentlich ist es nicht so schlimm, wie ich es mir die ganze Fahrt über ausgemalt habe. Doch tief in meinem Innern weiß ich, dass die Hoffnung nicht erfüllt wird. Denn wenn dem so wäre, hätte niemand auf der Welt meine Freundin davon abgehalten, mich selber anzurufen. Spätestens seit dem Unfalltod ihrer Eltern ist ihr bewusst, dass es das Schlimmste ist, schlechte Nachrichten von Fremden übermittelt zu bekommen.

Der Fahrstuhl bringt mich in den zweiten Stock. Als sich die Türen öffnen, sehe ich mich nach Dr. Greene um, kann ihn aber nicht entdecken.

Hast du im Ernst gedacht, dass er am Aufzug wartet, um dich in Empfang zu nehmen?, frage ich mich im Stillen.

Natürlich macht er das nicht. Er wird bei Annie sein. Ihr beistehen, sie unterstützen, Halt geben – was Partner eben so machen. Um ebenfalls zu Annie zu gelangen, erkundige ich mich an der Information der Unfallstation nach ihr. Ein freundlicher Pfleger gibt mir Auskunft und zeigt zum Ende des langen Flurs.

»Es ist das Zimmer, auf das Sie direkt zugehen.«

Ich bedanke mich und gehe los. Vor der Tür des Raums unterhalten sich zwei Männer. Beim Näherkommen erkenne ich die beiden Doktoren Greene und Sharpe. Dem Gefuchtel der Arme, den unzufriedenen Gesichtern und der angespannten Haltung nach zu urteilen, scheint ihr Gespräch etwas hitzig zu sein.

»Was hast du dir bloß dabei gedacht?«, fährt Dr. Sharpe den Tierarzt an. »Das ist alles deine Schuld.«

Oh nein, muss er ihn so anfahren? Der arme Kerl sieht auch ohne die Vorwürfe schon völlig fertig aus. Es zerreißt ihn vermutlich vor Sorge um Annie. Ich fühle mit ihm.

Dr. Greene rauft sich die Haare. »Scheiße noch mal, denkst du, das weiß ich nicht? Aber bringen deine Vorwürfe jetzt was? Sag mir lieber, was die Untersuchung ergeben hat.«

Dr. Sharpe starrt sein Gegenüber mit verengten Augen an, gibt jedoch nicht mehr als ein herablassendes Schnauben von sich.

Warum antwortet er nicht? Was ist sein Problem? Entschlossen gehe ich auf die beiden Männer zu. Diese Streitigkeiten müssen aufhören – *SOFORT*!

»Wie geht es Annie?«, frage ich und schaue dabei von einem zum anderen.

»Doktor Sharpe wollte gerade berichten, was die Untersuchungen ergeben haben«, antwortet Dr. Greene. Aus den Augen, die mich bei den letzten Begegnungen so fasziniert haben, ist das facettenreiche Funkeln verschwunden. Sie wirken dunkler, ausgefüllt von Furcht, die mir einen Schauer über den Rücken laufen lässt. Eine tiefe Furche bildet sich über seiner Nasenwurzel, als er den Humanmediziner auffordernd ansieht.

Der räuspert sich und deutet auf die Stuhlreihe im Gang. »Setzen Sie sich doch, Ms. Oatman.«

Ich komme seiner Aufforderung nach, ebenso wie Dr. Greene, der neben mir Platz nimmt. Erwartungsvoll sehen wir den Arzt an.

»Annie hat ein Schädel-Hirn-Trauma erlitten. Der Druck aufs Gehirn macht uns Sorgen. Wir haben sie vorsorglich in ein künstliches Koma versetzt.«

Oh Gott.

Entsetzt schlage ich mir die Hand vor den Mund. Dr. Greene zieht hörbar die Luft ein und lässt sich gegen die Lehne des Stuhls fallen. Seine Augen sind geweitet, als er sich mehrmals durch die Haare fährt.

»Wie ist das passiert?«, frage ich ihn.

Der Tierarzt beugt sich vor und starrt auf den Boden. »Die Pferde waren ziemlich aufgedreht. Eines konnten wir einfangen und mit einem Seil sichern. Das andere ist völlig ausgeflippt. Annie wollte es beruhigen, aber es stieg voller Panik und traf sie am Kopf.«

Wusste ich es doch – die Dinger sind gemeingefährlich. Mit Hufen als Waffen, die mehr Schaden anrichten können, als viele glauben wollen. Herrgott noch mal, Annie und ihre verdammte Unerschrockenheit jedem Tier gegenüber!

»Wenn sie bleibende Schäden davonträgt, werde ich mir das nie verzeihen.« Die Stimme von Dr. Greene ist leise. Er klingt so verzweifelt, dass ich seine Hand umfasse und sie sanft drücke.

»Alles wird wieder gut«, sage ich.

Er schaut mich an. Sein Blick ist voller Dankbarkeit für meine Worte. Ich lächle zaghaft, dann richte ich meine Aufmerksamkeit auf Dr. Sharpe. Dessen Stirn liegt in Falten und er starrt auf meine Hand, die weiterhin Dr. Greenes umfasst. Unwillkürlich ziehe ich sie zurück.

»Wann kann ich zu ihr?«, frage ich.

»Gleich, wenn Sie möchten. Kommen Sie.« Er macht eine Geste in Richtung Tür und öffnet sie für mich.

Gemeinsam betreten wir den Raum. Der Anblick von Annie und der Armada an Monitoren, die ihre Vitalfunktionen überwachen, treibt mir die Tränen in die Augen. Meine Freundin sieht so klein und schwach aus in dem Krankenbett. Die sonst so lebensfrohe, junge, vor Energie sprühende Frau, die nichts erschüttern kann, ist kaum wiederzuerkennen.

Der Arzt schiebt mir einen Stuhl neben das Bett und deutet darauf. Vorsichtig setze ich mich, um keine Erschütterung zu verursachen.

»Wird sie es … scha… schaf… fen?«

Dr. Sharpe legt eine Hand auf meine Schulter und nickt mit gerunzelter Stirn. »Ich glaube fest daran.«

Mit anderen Worten, er befürchtet das Schlimmste. Ich schlucke schwer. Obwohl ich erst seit zwei Tagen wieder Kontakt zu Annie habe, kann ich mir nicht vorstellen, sie zu verlieren. Schon gar nicht auf diese Weise. Nein, dazu darf es nicht kommen!

»Bleiben Sie so lange Sie möchten«, bietet der Arzt an. »Es gibt ein paar andere Patienten, die meine Aufmerksamkeit brauchen. Sobald alle versorgt sind, schaue ich noch mal vorbei.«

Nachdem er das Zimmer verlassen hat, umfasse ich Annies Hand.

»Hi«, flüstere ich ihr zu, »ich bin es. Cat. Die Freundin, wegen der du ohne zu zögern eine Dreistundenfahrt auf dich genommen hast. Dass ich dich im Gegenzug ebenfalls im Krankenhaus besuchen muss, war aber nicht ausgemacht.«

Ich wische eine Träne weg, die meine Wange hinunterläuft. Eine Bewegung an der anderen Seite des Bettes lässt mich zusammenzucken.

»Entschuldigen Sie bitte, ich wollte Sie nicht erschrecken«, erklärt Dr. Greene, der sich einen Hocker heranzieht. »Aber ich habe es auf dem Gang nicht mehr ausgehalten. Ist es okay für Sie, dass ich hier bin?«

»Natürlich.« Ich nicke und beobachte, wie er Annies andere Hand in seine nimmt.

Sorgenvoll betrachtet er ihr Gesicht, während seine Daumen über ihren Handrücken streichen. Zusammengesunken sitzt er da. Auch er hat einiges von seiner Energie und Vitalität eingebüßt. Die Vorwürfe, die er sich macht, sieht man ihm deutlich an. Ebenso wie die Angst, die ihn erfasst hat. Angst um die Frau, die ihm offensichtlich viel bedeutet.

»Ruh dich aus«, sagt er leise. »Das alles tut mir so leid. Ich habe die Situation falsch eingeschätzt, dabei hätte ich es besser wissen müssen.«

»Warum?«, frage ich.

Er sieht zu mir. Erneut gräbt sich eine Furche in die Haut über seiner Nasenwurzel. Für einen Moment reibt er darüber, so als suche er nach einer Antwort.

»Dort, wo die Pferde herumliefen, war es sehr glatt. Das hat sie noch mehr in Panik versetzt. Nachdem wir es geschafft hatten, den Wallach zu beruhigen, konnten wir ihn von dem rutschigen Stück wegbringen. Die Stute jedoch trippelte weiter auf der vereisten Stelle herum und kam dem Graben neben der Straße gefährlich nahe. Annie wollte ihr ein wenig Beruhigungszeit gönnen, aber ich dachte, es wäre sicherer, sie vom Graben wegzulocken. Also ging Annie auf sie zu, sprach beruhigend auf sie ein. Und ehe ich mich versah, geriet alles außer Kontrolle …« Er seufzt auf und schließt für einen Moment die Augen. »Warum habe ich nicht auf Annie gehört? Sie hat so ein gutes Gespür für Tiere.«

Ja, das hat sie in der Tat. Sie ist die reinste Tierflüsterin. Oh, hätte sie doch nur mehr Vertrauen in ihre

Beurteilung der Lage gehabt und sich durchgesetzt. Ich verstehe nicht, warum sie gegen ihre Überzeugung gehandelt hat. Ihr strahlender Blick, als sie mir von Jared erzählt hat, kommt mir in den Sinn. Natürlich. Sie vertraut ihm – blind. Weil sie in ihn verliebt ist.

»Es ist nicht allein Ihre Schuld«, sage ich. »Wer weiß, was passiert wäre, wenn Sie gewartet hätten. Vielleicht wäre es noch schlimmer gekommen.«

Dr. Greene schüttelt den Kopf. »Nett von Ihnen, dass Sie mich beruhigen wollen, aber ich kann mir nichts Schlimmeres vorstellen als das hier.«

Das stimmt nicht so ganz, eines gäbe es da schon. Allerdings ist es dazu zum Glück nicht gekommen. Wird es hoffentlich auch nicht. Und ich werde das ganz sicher nicht aussprechen.

Unsere Blicke wandern zurück zu Annies Gesicht. Die blasse Haut hebt sich kaum von dem Weiß des Kopfkissens ab. Es ist still im Zimmer, nur schwach dringen ein paar Geräusche vom Flur herein. Ich achte auf Annies Atmung. Das Heben und Senken ihrer Brust beruhigt mich ein wenig, während ich meinen Gedanken nachhänge. Erst als sich die Tür wieder öffnet, schrecke ich aus der Lethargie hoch.

Dr. Sharpe kommt herein. Er wirft einen bösen Blick auf den Tierarzt, dann kontrolliert er die Werte auf den Monitoren und macht ein paar Notizen in der elektronischen Krankenakte.

»Wie lange wird sie im Koma bleiben?«, frage ich mit leiser Stimme.

»Wenn wir Glück haben, nur ein oder zwei Tage. Je nachdem, wie sich die Schwellung entwickelt.« Dr. Sharpe tippt ein weiteres Mal auf dem Tablet herum. »Morgen früh wird ein weiteres MRT gemacht, dann wissen wir vielleicht mehr.«

»Okay, danke.« Ich lächle ihn zaghaft an, woraufhin sich auch seine Mundwinkel zu einem schwachen Lächeln verziehen.

Das verschwindet jedoch sofort wieder, als er zu Dr. Greene blickt.

»Solltest du dich nicht um die Tiere kümmern?«, fragt er ihn in einem Tonfall, der voller Verachtung ist.

Was ist bloß los mit den beiden? Das kann doch nicht nur an dem Unfall liegen. Mehr und mehr breitet sich bei mir das Gefühl aus, dass da noch ein anderer Konflikt schwelt.

»Ich habe die Sprechstunde für heute abgesagt«, antwortet Dr. Greene. Er setzt sich aufrecht hin und giftet in gleichem Maße zurück, wie er selbst auch traktiert wird.

»Ich rede von Annies Tieren«, informiert Dr. Sharpe ihn mit hochgezogener Braue. »Oder willst du die ebenso sich selbst überlassen, wie du es bei Annie getan hast?«

Dr. Greenes Hände verkrampfen sich zu Fäusten.

An seinem Hals treten die Adern hervor. Verzweifelt überlege ich, wie ich die aufsteigende Wut eindämmen kann, bevor es hier – direkt an Annies Krankenbett – noch zu einem unkontrollierten Streit kommt.

»Seid ihr von allen guten Geistern verlassen?«, zische ich und werfe gleich darauf einen besorgten Blick auf meine Freundin. »Was immer auch zwischen euch vorgefallen ist, schluckt es runter. Dies ist kein geeigneter Ort für einen lautstarken Streit. Annie braucht Ruhe und Unterstützung, keine Aufregung.«

Durch beide Männer geht ein Ruck. Dr. Greenes Hände entspannen sich wieder, Dr. Sharpe strafft die Schultern und nickt.

»Sie hat recht«, sagt er.

»Ja«, stimmt der Tierarzt ihm leise zu.

Halleluja, was für eine Einsicht – von beiden.

»Trotzdem muss sich jemand um Annies Tiere kümmern«, wirft Dr. Sharpe ein.

Beide Männer schauen zu mir.

WAS?

Ich hebe abwehrend die Hände und schüttle den Kopf. »Oh nein. Erstens wohne ich gerade mal einen Tag bei Annie und habe keine Ahnung von den Abläufen. Und zweitens habe ich es nicht so mit Tieren. Um genau zu sein, machen mir diese speziellen, um die Annie sich kümmert, sogar Angst. Ich meine, die sind doch …« Dr. Greenes steil nach oben gezogenen

Brauen lassen mich kurz stocken. »… merkwürdig. Allesamt.« Mein hilfesuchender Blick wandert zu Dr. Sharpe. »Finden Sie das nicht auch? Annie kann mit denen umgehen, aber ich? Nein. Bitte erwarten Sie das nicht von mir.«

Die Männer tauschen einen Blick aus. Einen, der Einigkeit zwischen ihnen demonstriert. Ach, mit einem Mal schwimmen sie auf einer Wellenlänge. Warum nur bekomme ich den Eindruck, mich mit meiner Konfliktschlichterei in eine ungünstige Position gebracht zu haben?

Kapitel 9

Die Dämmerung bricht bereits herein, als ich mich leise von Annie verabschiede und ihr verspreche, sie gleich morgen früh wieder zu besuchen.

»Halte durch«, beschwöre ich sie.

»Mach dir keine Sorgen, wir kümmern uns um alles«, fügt Dr. Greene auf der anderen Seite des Bettes hinzu. Er drückt noch einmal ihre Hand und haucht ihr einen Kuss auf die Wange.

Ich schaue zu Dr. Sharpe, der zu Annies Füßen steht. Er hat die Lippen aufeinandergepresst und erdolcht den Tierarzt nahezu mit seinem Blick. Von der Einigkeit, die ihn noch vor zwei Stunden kurz mit dem anderen Arzt verbunden hat, ist nichts mehr zu erkennen. Die alte Feindseligkeit schlägt wieder in vollem Maße durch.

»Rufen Sie an, wenn sich irgendetwas verändert?«, bitte ich ihn.

Er reißt sich von Dr. Greenes Anblick los und richtet seine Aufmerksamkeit auf mich. »Sicher.«

»Egal, wie spät es ist«, füge ich hinzu und trete neben ihn. »Ich lege das Handy neben das Kopfkissen.«

»Ich verspreche es.«

»Danke.«

Wir lächeln uns zaghaft an. Dr. Greene gesellt sich an meine Seite und wieder fliegen Blicke wie Gewitterblitze zwischen den Männern hin und her.

Verdammt, ich muss hier raus. Das ist ja nicht zum Aushalten. Nachdem ich einen letzten Kontrollblick auf Annie geworfen habe, sehe ich den Tierarzt an.

»Können wir?«

Er nickt und bietet mir seinen Arm an. Den ich geflissentlich ignoriere.

HEY, ICH KANN ALLEINE LAUFEN.

»Prima«, sage ich nur und marschiere los. »Wiedersehen«, rufe ich Dr. Sharpe über die Schulter zu, dann öffne ich die Tür.

Auf dem Gang atme ich durch. Das ist mir grad alles zu viel. Annies Zustand, die vergiftete Atmosphäre in ihrem Zimmer, wenn beide Ärzte anwesend sind, und jetzt auch noch die Aussicht darauf, mich um die Tiere kümmern zu müssen.

»Alles okay mit Ihnen?«, erkundigt sich Dr. Greene,

als wir zum Ausgang gehen.

»Nein, nicht wirklich«, gebe ich mit einem Seufzen zu. Mit strengem Blick sehe ich ihn an. »Was ist das da zwischen Ihnen und Doktor Sharpe?«

Mein Begleiter atmet hörbar aus. »Das ist eine längere Geschichte. Eine, über die ich jetzt nicht sprechen möchte. Vielleicht ein anderes Mal.«

»Sie müssen es mir nicht erzählen. Es würde mir schon reichen, wenn Sie und er sich vor Annie zusammenreißen. Ich bin mir sicher, dass sie auf irgendeine Weise mitbekommt, was um sie herum vorgeht. Das kann nicht förderlich für ihre Heilung sein.«

»Sie meinen, sie spürt das trotz des Komas?« Er reibt sich das Kinn. »Okay, ich werde mein Bestes geben, damit das nicht wieder vorkommt. Allerdings ist Neill ziemlich sauer auf mich wegen des Unfalls.«

»Ich werde ihn morgen ebenfalls bitten, sich in Annies Gegenwart zusammenzureißen«, sage ich. »Herrgott, das kann doch nicht so schwer sein.«

Inzwischen sind wir beim Parkplatz angekommen. Mit einem energischen Ruck ziehe ich die Fahrertür von Annies Sportvan auf.

»Darf ich fahren?«, erkundigt Dr. Greene sich.

»Nicht nötig, das kriege ich hin«, antworte ich. Als er sich achselzuckend zur Beifahrertür begibt, rolle ich mit den Augen. Was für ein Chauvi. Es wird ihm schon kein Zacken aus der Krone brechen, wenn er sich von einer Frau chauffieren lässt.

Nachdem er sich angeschnallt hat, sehe ich ihn erwartungsvoll an. »Dann mal raus damit, wo Sie Ihren Wagen stehengelassen haben.«

Er zuckt zusammen und ich beiße mir auf die Zunge. Mist, das war nicht besonders feinfühlig. Schließlich steht sein Auto noch an der Unfallstelle, weil er im Krankenwagen mitgefahren ist.

»Fahren wir doch erst mal zu Annies Haus, um die Tiere zu versorgen«, schlägt er im Gegenzug vor.

Ich nicke und starte den Motor. Die ersten Minuten der Fahrt wechseln wir kein Wort. Es ist nur die leise Musik aus dem Radio zu hören. Als wir an einer Ampel halten, ändert sich das jedoch.

»Gibt es eigentlich einen bestimmten Grund, warum Sie Angst vor Tieren haben? Ein Trauma oder so was?«

Mit hochgezogenen Brauen wende ich mich ihm zu.

»Ich habe nicht pauschal vor *ALLEN* Tieren Angst«, stelle ich klar. »Es ist eher so, dass ich keinen Draht zu ihnen habe. Speziell vor Hunden habe ich allerdings einen Heidenrespekt. Bei Katzen ist es weniger ausgeprägt. Die finde ich ganz okay, auch wenn Kitty mir gleich demonstriert hat, wie scharf ihre Krallen sind.«

Bei den letzten Worten wedle ich mit der Hand, an

der die Striemen sind.

»Darf ich mir das ansehen?«, bittet Dr. Greene. »Das ist mir gestern gar nicht aufgefallen, als ich Sie verarztet habe.«

»Ach, da gibt es ja auch nicht viel zu sehen. Ist fast schon wieder verheilt.« Trotz meiner Worte halte ich ihm die Hand hin, die er sanft umfasst. Ein Schauer läuft mir über den Rücken.

Verwirrt blicke ich in seine Marzipankartoffelaugen, was mich nur noch mehr durcheinanderbringt. Ich blinzle, mein Mund fühlt sich mit einem Mal staubtrocken an.

Ein Hupen hinter uns rettet mich. Ich ziehe meine Hand zurück, fahre an und versuche, mich wieder auf den Verkehr zu konzentrieren. Was allerdings gar nicht so einfach ist, da mein Herz weiterhin ein paar Takte schneller schlägt.

Hallo, kannst du dich mal wieder einkriegen, er ist Annies Freund. Was soll das?

Sobald wir im Haus sind und den Anbau ansteuern, überlasse ich Dr. Greene die Führung. Er öffnet selbstbewusst die Tür und ein Strahlen überzieht sein Gesicht, als die Hunde bellend auf ihn zulaufen.

»Hey, ihr Racker, wie geht es euch?«, begrüßt er sie.

Muju springt ihn an und schleckt ihm übers Gesicht. Spike tanzt mal wieder auf den Hinterpfoten und bellt, was das Zeug hält. Der kleine Sammy steht zitternd vor ihm und wartet, bis er dran ist.

Nachdem der Bobtail vom Tierarzt zur Raison gebracht wurde, bin ich die Nächste, die er anspringt. Ich bin davon so überrascht, dass ich nach hinten kippe. Zum Glück stehe ich dicht bei der Wand, sodass ich nicht umfalle. Unangenehm ist es trotzdem, vor allem, da ich jetzt in der Falle stecke und die Hundezunge bereits in meinem Gesicht spüre. Igitt.

»Muju, *AUS*!«, befiehlt Dr. Greene und zu meiner Erleichterung hört die Fellnase auf ihn. Allerdings nur was das Schlecken und Anspringen angeht. Denn kaum steht der Hund wieder auf allen Vieren, schnüffelt er zwischen meinen Beinen.

»Muju, verdammt, lass das!«, feuert der Tierarzt die nächste Salve ab. Gleichzeitig packt er Spike am Halsband und zwingt ihn dazu, mit dem Getanze aufzuhören. »Du gibst jetzt auch Ruhe, mein Freund.«

Noch ein beherzter Griff mit der anderen Hand an den Rücken und der Jack Russel setzt sich tatsächlich brav hin. Dasselbe passiert bei Muju, nachdem Dr. Greene den Griff bei ihm angewandt hat. Nun, da die größeren Hunde gebändigt sind, bekommt auch Sammy seine Begrüßung. Der Shih Tzu freut sich sichtlich über die Streicheleinheit. Doch nach kurzer Zeit entzieht er sich, trippelt zu mir und sieht mit seinen dunklen treuen Augen zu mir auf. Als ich ihn daraufhin auf den Arm nehme, ziehen sich die Brauen von Dr. Greene in die Höhe.

»Schön zu sehen, dass Sie wenigstens bei dem Kleinen keine Angst zeigen«, sagt er mit einem Lächeln.

»Na ja, nicht mehr. Wir haben uns angefreundet. Ist ja auch nicht schwer, so niedlich wie er ist.«

›Wuff‹, gibt Sammy prompt seine Zustimmung, was den Tierarzt und mich zum Lachen bringt.

»Wenn Sie die Angst in den Griff bekommen, werden Muju und Spike viel leichter zu bändigen sein. Die riechen Ihre Furcht, drehen noch mehr am Rad und hören auf kein Kommando von Ihnen. Sie müssen der Rudelführer sein, verstehen Sie?«

»Als Anführerin war ich noch nie geeignet«, gebe ich kleinlaut zu. »Das wird also nichts. Danke, dass Sie mich gerettet haben, Doktor Greene.«

Er legt mir eine Hand auf die Schulter und übt leichten Druck aus. »Gern geschehen.«

Dann reibt er sich das Kinn und sieht mich aus seinen Marzipankartoffelaugen an. Wieder versinke ich in der faszinierenden Farbgebung. Der betrübte Ausdruck, den die Augen im Krankenhaus hatten, ist verschwunden. Erstaunlich, was ein paar Fellnasen bei diesem Mann bewirken können.

»Darf ich einen Vorschlag machen?«, erkundigt Dr. Greene sich.

Ich nicke. Vorschlag heißt ja, dass ich es nicht annehmen muss. Was ich auch nicht tun werde, wenn er was Verrücktes vorschlägt, um mich den Hunden näherzubringen.

»Können wir von diesem Doktor Greene und Ms. Oatman runter?« Er streckt mir die Hand entgegen. »Ich bin Jared.«

»Gerne«, erwidere ich lächelnd und umfasse seine Finger. »Ich bin Catherine.«

Die Berührung schießt wie ein Blitz durch meinen Körper. Schnell ziehe ich die Hand zurück und richte den Blick auf den Vorratsraum.

»Äh … Annie hat mir die Vorräte zwar gezeigt, aber nicht erläutert, wer was bekommt. Wir hatten ja keine Ahnung, dass sie …«

Jareds Gesichtsausdruck verdüstert sich, sodass ich ins Stocken gerate. Herrje, was bin ich für ein Trampel! Das hat er bei unserer ersten Begegnung ganz richtig erfasst.

»Zeigst du mir bitte alles?«, frage ich mit zerknirschter Miene.

Er nickt und folgt mir zu dem Raum. Dort atmet er tief durch, sieht sich um und holt schließlich ein Ringbuch aus dem Regal.

»Hier drin notiert Annie alles Wichtige zu den Tieren.« Er blättert zu einer Seite und hält das Buch so, dass ich mit hineinsehen kann. »Jede Futtersorte und Menge ist genau aufgeführt. Orientier dich daran, dann machst du nichts falsch. Sogar die Snacks, die sie als Belohnung verteilt, sind angegeben.«

»Belohnung?«, hake ich nach.

»Na ja, Annie arbeitet mit den Tieren, damit sie ihre Macken ein wenig ablegen.« Erschrocken blicke ich ihn an. »Hey, keine Angst.« Er legt den Arm um meine Schultern. »Das kann auch mal ein paar Tage ausfallen.«

PUH, GLÜCK GEHABT.

»Ja, das muss es auch. Ich habe nämlich keine Ahnung, was man da so macht.«

Jared tippt auf das Buch. »Steht ebenfalls alles hier drin. Annie ist akribisch mit ihren Aufzeichnungen. Falls du Langeweile bekommst, kannst du da ja mal reinschauen. Das ist eine interessante Lektüre.«

Ach ja? Voller Skepsis sehe ich ihn an. Ganz offensichtlich haben wir einen unterschiedlichen Lesegeschmack. Einen *SEHR* unterschiedlichen. Wobei natürlich klar ist, warum *ER* von dem Buch begeistert ist. Es geht um Tiere und wurde von der Frau geschrieben, mit der er liiert ist. Das muss für ihn ja ein Bestseller sein.

»Gut.« Er legt das Buch aufgeschlagen auf den Tisch. »Lass uns die Portionen vorbereiten. Am besten erst alle Schalen füllen, ansonsten werden die Wartenden unruhig und du machst es dir unnötig schwer.«

Das leuchtet mir ein. Ich finde es im Lokal auch

nicht so toll, wenn ich hungrig bin und an den Nebentischen schon lecker duftendes Essen serviert wird, während ich noch warten muss.

»Willst du die Hunde oder die Katzen übernehmen?«, fragt Jared.

Ich ziehe eine Braue hoch.

Er grinst. »Verstehe. Du die Katzen, ich die Hunde und Chippi. Alles klar.«

Beim Vorbereiten der Fressnäpfe bewundere ich Jareds routiniertes Vorgehen. Er teilt eine große Dose Zweidrittel zu Eindrittel zwischen Muju und Spike auf. Sammy bekommt den Inhalt einer kleinen Aluschale mit altersgerechtem Futter und Chippi eine Handvoll gemischte Nüsse. In derselben Zeit schaffe ich es gerade mal, das Medikament, das Blacky benötigt, unter seine Portion Nassfutter zu mischen.

»Du bist beim Zubereiten sehr sorgfältig«, stellt Jared fest. Als ich ihn daraufhin ansehe, zwinkert er mir zu. »Soll ich den Rest übernehmen?«

Er greift nach der Dose Katzenfutter, aus der Kitty, Bonnie und Clyde etwas bekommen, doch ich haue ihm auf die Finger.

»Nicht nötig, ich schaffe das schon. Abkommen ist Abkommen.«

Der Tierarzt reibt sich mit einem schmerzverzerrten Gesicht die Hand. Seine Mundwinkel zucken jedoch vergnügt, sodass ich sofort merke, dass der

Schmerz nur gespielt ist. Es ist schön zu sehen, wie er die Sorge um Annie und die Vorwürfe, die er sich wegen ihres Unfalls macht, für einen Moment zu vergessen scheint.

»Wenn Madame es erlauben, sammle ich die Wasserschalen ein«, schlägt er vor.

»Madame ist das recht«, antworte ich vergnügt.

Jared trollt sich, um im großen Raum die Näpfe einzusammeln. Als er zurück ist, bin ich mit den Portionen für die Katzen fertig. Gemeinsam spülen wir die Wassernäpfe aus, füllen sie neu und verteilen sie wieder in den Einzelbereichen. Danach machen wir uns mit den Futterschalen auf den Weg. Die größeren Hunde bellen ungeduldig und wollen Jared anspringen. Doch er stampft einmal mit dem Fuß auf, gibt denselben zischenden Laut von sich, den Annie auch drauf hat, und wirft einen bösen Blick auf Muju und Spike. Die geben daraufhin tatsächlich sofort Ruhe. Mir klappt vor Erstaunen die Kinnlade runter. Wow, er hat die beiden echt im Griff.

Die Katzen sind da nicht ganz so aufdringlich. Sie laufen mir lediglich um die Beine und mauzen als Zeichen, dass ich doch gefälligst schneller machen soll. Zuerst stelle ich der Diva Kitty ihren Napf hin, dann Blacky. Bei der zweiten Runde sind Bonnie und Clyde dran.

Geschafft. Ganz ohne Blessuren. Ich kann eine

Spur Stolz nicht verhehlen. Trotzdem bin ich froh, als wir nach dem Händewaschen den Tierbereich wieder verlassen.

Jared folgt mir in die Küche. Ich schenke uns ein Glas Wasser ein und bedanke mich für seine Hilfe.

»Gern geschehen«, erwidert er mit einem Lächeln. »Du hast dich wacker geschlagen. Kriegst du es morgen früh alleine hin?«

Kann ich das? Ich bin mir nicht sicher.

»Die Reaktionen der Hunde sind mir immer noch suspekt«, gebe ich zu. »Du und Annie habt sie gut im Griff, aber ich nicht. Heute Mittag brauchte ich Kittys Hilfe, um Spikes Drehwurm zu beenden.«

Jared sieht mich aus großen Augen an. »Kitty hat dir geholfen? Wie das?«

»Sie kam grad zur rechten Zeit durch die Katzenklappe, hat einmal kurz gefaucht und schon war Spike so eingeschüchtert, dass er seine Balletteinlage vergessen hat.«

Der Tierarzt reibt sich vergnügt das Kinn. »Die Kleine hat Potenzial. Doch wie ich unsere Königin kenne, wird sie sich nicht von dir einspannen lassen, den Auftritt zu wiederholen.«

»Sehe ich genauso«, pflichte ich ihm bei. »Ich weiß, es ist viel verlangt, aber hilfst du mir morgen noch mal?«

Er nickt und ich atme auf.

»Wunderbar. Und ich weiß auch schon, wie ich dir dafür danken kann.«

»Oha, wie denn?« Eine zierliche Falte tanzt auf seiner Stirn, als sich seine Augen weiten und mich mit all ihrer Farbintensität mustern.

Der Einfall, den ich gerade noch hatte, schwebt davon, wie ein Blatt im Wind. Verzweifelt jage ich ihm hinterher, lasse dabei den Blick durch die Küche schweifen. Der Anblick vom Topf auf dem Herd rettet mich.

GENAU, DAS WAR ES.

»Bleib zum Essen«, sage ich. »Ich mache uns schnell den Gemüseeintopf warm, den ich heute Mittag gekocht habe.«

»Ich weiß nicht …« Jareds Miene trübt sich wieder. »Nach allem, was passiert ist, habe ich irgendwie keinen Hunger.«

»Hey.« Ich gehe einen Schritt auf ihn zu. »Du hast doch bestimmt seit dem Frühstück nichts mehr gegessen.«

Er schließt für einen Moment die Augen, was mir beweist, dass ich recht habe.

»Ich ebenfalls nicht. Aber wir sollten etwas essen. Für Annie. Damit wir bei Kräften bleiben.«

Okay, das klingt übertrieben und theatralisch. Allerdings scheint es Wirkung zu zeigen, denn Jared nickt kaum merklich.

»In Ordnung«, stimmt er zu. Dann ringt er sich sogar ein kleines Lächeln ab, das ich erwidere.

»Prima, nimm Platz. Es dauert nicht lange.«

Kapitel 10

Eine Stunde später räume ich zusammen mit Jared den Tisch ab und stelle das Geschirr in die Spüle.

»Das war sehr lecker, danke, Catherine.«

»Gerne«, erwidere ich. »Dann bringe ich dich jetzt mal zu deinem Wagen.«

»Ich kann mir auch ein Taxi rufen.«

Mit hochgezogener Braue sehe ich ihn an. Prompt hebt er die Arme und kapituliert. Geht doch. Warum nicht gleich so?

Als wir im Flur in unsere Jacken schlüpfen, fällt mir etwas ein.

»Ich bin gleich wieder da«, kündige ich an und gehe die Treppe hoch in mein Zimmer. Bewaffnet mit der Kekstüte kehre ich zu Jared zurück. »Hier, für dich. Als Entschädigung für das Malheur in der Sporthalle.«

Seine Marzipankartoffelaugen glänzen und die Brauen heben sich vor sichtlichem Erstaunen ein Stück.

»Danke. Aber … hm … warum hast du die gekauft? Ich meine … du wusstest doch nicht mal, wer ich bin, geschweige denn, dass wir uns wiedersehen.«

»Das nicht, stimmt. Vorgestellt haben wir uns in der Hektik nicht.« Ich zwinkere ihm zu. »Es war auch mehr ein spontaner Entschluss. Ich habe einfach darauf vertraut, dass wir uns noch mal über den Weg laufen. So groß ist Snowflakes ja nicht. Und hey, ich hatte recht.«

»Ja.« Er dreht die Tüte unschlüssig hin und her. »Annies Lieblingskekse.«

Zwei Worte, die sich wie ein Faustschlag in meinen Magen rammen. Oh nein, er hat die Kekse für Annie gekauft, nicht für sich selbst. Warum habe ich daran nicht gedacht?

»Tut mir leid«, sage ich schuldbewusst. »Das war mir nicht klar. Ich dachte …«

Mist, Mist, Mist. Kaum hat sich die Stimmung ein wenig stabilisiert, komme ich mit den Keksen um die Ecke und mache alles wieder zunichte.

»Schon gut.« Jared umfasst meine Hand und drückt sie kurz, lächelt dabei schmallippig. »Du konntest es ja nicht wissen und am Ende ist es die Geste, die zählt, oder? Also danke.«

Ich zwinge mich dazu, sein Lächeln zu erwidern. Warum nur verhalte ich mich in seiner Gegenwart immer so dämlich?

»Bestimmt freut Annie sich darüber, wenn du ihr die Kekse gibst. Morgen oder übermorgen, sobald es ihr besser geht.«

Er nickt. »Du hast recht. Das wird sie aufmuntern.«

Noch einmal drückt er meine Hand und wir tauschen hoffnungsvolle Blicke aus. Wie gebannt stehen wir voreinander. Erst als energisch an die Haustür geklopft wird, stieben wir auseinander.

Verwirrt sehe ich zur Tür. Durch die kleine Scheibe blickt uns Dr. Sharpe entgegen. Was macht der denn hier?

Ich öffne dem Arzt voller Besorgnis die Tür. »Ist etwas mit Annie?«

»Nein, ihr Zustand ist unverändert«, teilt er mit.

Beruhigt lasse ich den Atem entweichen, den ich vor Schreck angehalten habe.

Gott sei Dank, es ist nicht schlimmer geworden.

»Gut. Aber was machen Sie dann hier?«

»Genau, Neill, was machst du hier?«, fügt Jared bissig hinzu.

Ich sehe ihn tadelnd an. Okay, es ist nicht in Annies Gegenwart, aber muss das schon wieder losgehen?

Dr. Sharpe funkelt ihn kurz an, ehe er seine Aufmerksamkeit auf mich richtet. »Ich wollte nach Ihnen schauen. Sichergehen, dass Sie das alles gut verkraften. Schließlich machen Sie momentan so einiges durch.«

Oh, das ist wirklich sehr fürsorglich von ihm. Mir gefällt, wie gut er sich um seine Patienten kümmert. Er war im Krankenhaus gleich bei Annie zur Stelle und nun kommt er sogar noch für einen Kontrollbesuch bei mir vorbei. Ich kenne nicht viele Ärzte, die so engagiert sind. Wow!

Wo kommen in Snowflakes plötzlich diese tollen Ärzte her?

»Catherine wollte mich gerade zu meinem Auto bringen«, wirft Jared ein.

»Tatsächlich?« Dr. Sharpes Aufmerksamkeit gilt weiterhin nur mir.

»Ja«, gebe ich zu. »Wir haben uns erst um die Tiere gekümmert, aber nun fahre ich ihn schnell hin.«

»Das übernehme ich«, entscheidet Dr. Sharpe.

Verblüfft sehe ich ihn an. Er will Jared chauffieren? Freiwillig? Was ist denn jetzt los?

»Sie ruhen sich aus, ich bringe Jared zu seinem Wagen und danach komme ich wieder vorbei.«

»*DU* willst mich fahren?«, fragt nun auch der Tierarzt mit sichtlicher Überraschung.

Dr. Sharpe dreht sich mit einem abfälligen Blick zu ihm. »Ich tue es nicht für dich, sondern für Ms. Oatman.«

»Was du nicht sagst. Wäre ich nie drauf gekommen.«

»Verdient hast du es nicht, nach allem, was heute deinetwegen passiert ist, aber mir geht es nur um das Wohl meiner Patientin.«

Jared ballt die Hände und macht einen Schritt auf den Arzt zu.

»Danke, Doktor Sharpe«, werfe ich dazwischen, bevor die beiden noch aufeinander losgehen. Die Blicke, die sie sich zuwerfen, sind bereits mit Giftpfeilen gespickt. Ich fürchte, dass nicht mehr viel fehlt, und sie lassen die Fäuste sprechen. »Du bist ihm doch ebenfalls dankbar, oder, Jared?«

Er richtet die Aufmerksamkeit auf mich. Der dunkle Touch in seinen Augen und der verkniffene Ausdruck verschwinden. Nur die Lippen sind noch etwas schmal, als er nickt.

»Danke, Neill, ich nehme dein Angebot gerne an«, sagt er süffisant. »Alles zum Wohle meiner neuen guten Freundin.«

Gute Freundin? Ich ziehe überrascht eine Braue hoch. Er zwinkert mir zu und haucht mir einen Kuss auf die Wange.

»Neill hat recht, ruh dich aus. Es war genug Trubel für heute. Wir sehen uns morgen früh zur Fütterung der Raubtiere.«

»Okay, danke«, flüstere ich zurück und strahle ihn

an.

Er ist echt nett. Schade, dass er schon an Annie vergeben ist. Ich kann sehr gut verstehen, was sie an ihm findet.

Nachdem die Männer sich auf den Weg gemacht haben, ziehe ich die Jacke wieder aus und räume die Küche auf. Da Jared und ich beide nicht viel gegessen haben, ist noch eine große Portion des Gemüseeintopfs übrig geblieben, den ich auf einen Mikrowellenteller mit Abdeckung umfülle und in den Kühlschrank stelle. Praktisch, dann muss ich morgen nicht kochen.

Gerade als ich fertig bin, fährt ein Auto aufs Grundstück. Mit einem Lächeln öffne ich die Haustür und lasse Dr. Sharpe herein. Zu meiner Erleichterung hat er keinerlei Blessuren. Offenbar haben es die Männer ohne Handgreiflichkeiten bis zu Jareds Wagen geschafft.

Nachdem der Arzt in der Küche seine Tasche abgestellt und die Jacke über einen Stuhl gelegt hat, mustert er mich.

»Wie geht es Ihnen?«

»Annies Unfall hat mich ziemlich geschockt«, gebe ich offen zu. »Aber ich komme klar.«

»Ja, das war ein ganz schöner Schreck. Dieser verfluchte Tierarzt und seine Viecher …« Dr. Sharpes Nasenflügel blähen sich auf und er gibt ein Schnauben von sich.

»Na ja, es waren nicht seine Pferde. Er und Annie wollten nur helfen. Ihre Herzen schlagen eben für allerlei Vierbeiner und die Beschützerinstinkte waren geweckt, als die Tiere mitten auf der verkehrsreichen Straße herumgeirrt sind.«

»Sie haben erstaunlich viel Verständnis für den Idioten«, erwidert Dr. Sharpe grummelnd.

»Und Sie sind ziemlich streng mit ihm. Woher kommt diese Abneigung zwischen Ihnen?« Ich bin gespannt, ob ich von ihm eine Antwort erhalte und damit der Ursache für den Zwist näherkomme.

»Das ist eine unschöne Geschichte und gehört nicht hierher. Machen Sie sich darüber keine Gedanken.«

Ich verdrehe die Augen.

»Haben Sie noch irgendwelche Beschwerden von Ihrem Sturz?« Er legt seine Hände um mein Gesicht, dreht meinen Kopf vorsichtig hin und her. »Schwindel? Kopfschmerzen? Übelkeit?«

Soll das von meiner Frage ablenken? Ich befreie mich aus seinem sanften Griff und schüttle den Kopf.

»Nein, alles bestens. Allerdings gefällt mir der Streit zwischen Ihnen und Jared nicht.«

Dr. Sharpe will etwas erwidern, aber ich hebe energisch die Hand, um das zu unterbinden.

JETZT WIRD ZUGEHÖRT, MEIN LIEBER!

»Im Grunde kann es mir egal sein, wenn Sie sich gegenseitig an die Gurgel gehen«, fahre ich fort. Dabei ist es mir ganz und gar nicht egal, dass ausgerechnet diese fürsorglichen Ärzte, die sich eigentlich sehr ähnlich sind, so einen Hass aufeinander haben. »Aber dass Sie ihre Differenzen so offen an Annies Krankenbett austragen, geht gar nicht. Das hört auf, verstanden?«

Dr. Sharpe tritt angesichts der Heftigkeit meines Tonfalls einen Schritt zurück und blinzelt kurz.

»Sagen Sie das Jared.«

»Das habe ich. Er hat mir versprochen, sich künftig zurückzunehmen. Dasselbe erwarte ich auch von Ihnen.« Ich schiebe das Kinn vor und sehe ihn eindringlich an. Mit Erfolg, denn er nickt.

»Ja, Sie haben recht, Ms. Oatman. Annie könnte die Schwingungen mitbekommen und das wäre nicht gut.«

Erleichterung durchströmt mich. Gut, beide Männer sind einsichtig und geloben Besserung. Bleibt nur zu hoffen, dass sie sich auch daran halten. Wenn nicht, werde ich sicher nicht davor zurückschrecken, sie mir noch mal vorzunehmen.

»Darf ich nun, da das geklärt ist, die Untersuchung fortsetzen?« Dr. Sharpe greift nach seiner Tasche und holt ein Stethoskop daraus hervor. Er hängt es sich um den Hals und kommt wieder näher.

»Es geht mir wirklich gut«, versichere ich.

»Das glaube ich Ihnen, aber ich würde mich gerne

im Rahmen einer Untersuchung davon überzeugen.« Er lächelt mich charmant an. »Würden Sie bitte das Oberteil ausziehen, damit ich Sie abhören und mir die Prellungen ansehen kann?«

Achselzuckend gebe ich mich geschlagen und ziehe mir den Pullover über den Kopf. Schließlich ist er extra hergekommen – sogar zweimal, wenn man die Rückkehr nach dem Chauffeurdienst für Jared mitrechnet.

Dr. Sharpe dreht mich Stück für Stück in die Runde, um sich ein Bild von den Prellungen zu machen. Seine Berührungen sind sanft, aber bestimmt. Ich gebe keinen Mucks von mir, folge nur seinen Anweisungen. Als wir wieder Angesicht zu Angesicht voreinanderstehen, bringt er den Ohrbügel des Stethoskops in Position und legt das Bruststück auf meine Haut. Unsere Blicke treffen sich.

Ein Schauer durchfährt mich, den ich auf die Kühle der Membran zurückführe. Er lächelt, während er konzentriert meinen Herzschlag abhört. Der nächste Schauer breitet sich aus. Kein Wunder, hat er doch die Position des Bruststücks ein wenig verändert. Er schiebt sich die Haarsträhne aus der Stirn. Eine fließende Bewegung, die ich schon ein paarmal bei ihm beobachtet habe. Sie ist so sanft wie jede seiner Berührungen während der Untersuchung.

»Regelmäßig und kräftig«, informiert Dr. Sharpe

mich, als er fertig ist. »So wie es sein soll.«

Er macht Notizen auf seinem Tablet und schaut mich dann wieder an. »Machen Sie sich nicht so viele Sorgen um Annie. Sie ist eine starke Frau und wird es schaffen. Kommen Sie hier klar?«

Ich runzle die Stirn. Warum sollte ich nicht?

»Mit den Tieren und allem«, ergänzt er.

»Jared hilft mir.«

Dr. Sharpe zieht eine Braue hoch. »Das ist ja wohl auch das Mindeste.«

Mir liegt auf der Zunge, dass Jared nicht alleine Schuld an dem Unfall hat. Aber ich verkneife mir die Antwort. Diesbezüglich wird Dr. Sharpe eh nicht umzustimmen sein.

»Falls Jared Sie hängenlässt, rufen Sie mich an. Ich kann Ihnen auch bei den Tieren helfen.«

Jetzt bin *ICH* es, die eine Braue hebt. Er will mir mit den Tieren helfen? Mit *DIESEN* Tieren? Die alle ein wenig merkwürdig sind? Weiß er, worauf er sich da einlässt? Und was soll überhaupt die Andeutung, dass Jared mich hängenlassen könnte?

»Ich bin mir sicher, dass das nicht nötig sein wird«, antworte ich. »Kümmern Sie sich lieber um Ihre Patienten. Vor allem um Annie. Damit ist mir momentan mehr geholfen. Wenn ich weiß, dass sie in guten Händen ist, meine ich.«

»Das ist sie bei mir. Verlassen Sie sich darauf, Ms.

Oatman.«

»Gut.« Ich lächle zaghaft.

Er legt eine Hand an meinen Oberarm und streicht darüber. »Sie sehen müde aus. Gönnen Sie sich etwas Ruhe. Annie ist in den besten Händen, vertrauen Sie mir.«

Ich nicke und er senkt den Arm wieder. Wir sehen uns noch einen Moment an, dann begleite ich ihn zur Tür. Die ich mit einem tiefen Atemzug schließe, nachdem Dr. Sharpe in seinen Wagen eingestiegen ist.

Was für ein Tag, puh!

Kapitel 11

Am nächsten Morgen werde ich früh wach. Draußen ist es noch dunkel, als ich die Vorhänge aufziehe und das Fenster öffne. Kühle Luft strömt ins Zimmer. Sie schmeckt nach Schnee und tatsächlich sehe ich einige Flocken im matten Schein der Außenleuchte zu Boden sinken.

Meine Gedanken gelten Annie. Wie es ihr wohl geht? Vorsichtshalber kontrolliere ich mein Handy. Nicht, dass ich einen Anruf verpasst habe. Zum Glück gibt es keine entsprechenden Mitteilungen. Ich atme auf. Das ist doch ein gutes Zeichen, oder?

Getragen von der Hoffnung, dass Annie die Nacht gut überstanden hat, mache ich mich für den Tag fertig und gehe dann hinunter in die Küche. Während ich Milch und Müsli in eine Schale gebe, gluckert die Kaffeemaschine vor sich hin. Ein köstlicher Duft breitet sich aus, der meine Sinne noch wacher macht. So wach, dass ich mir sogar zutraue, den Tieren ganz ohne Begleitung einen guten Morgen zu wünschen und die Außenklappen zu entriegeln.

Als ich mich dem Anbau nähere, vernehme ich bereits ein Kratzen an der Tür. Oha, da ist aber jemand sehr ungeduldig. Kaum habe ich die Tür einen Spalt weit geöffnet, sausen Kitty und Sammy durch die schmale Öffnung. Kittys Weg führt direkt in die Küche, Sammy hingegen reibt sich an meinen Beinen.

»Guten Morgen, mein Kleiner«, begrüße ich ihn und nehme ihn hoch. Wie immer schaut er mich aus seinen dunklen Augen liebevoll an und schmiegt seinen Kopf an meine Brust. Ah, mir geht mal wieder das Herz auf.

Ich streiche ihm noch ein paarmal über den Kopf, dann setze ich ihn zurück auf den Boden und schaue nach den anderen Tieren. Als Spike meinen Blick bemerkt, springt er sofort auf und fängt an, seine üblichen Pirouetten zu drehen, die er lautstark mit Gebell untermauert. Muju erhebt sich daraufhin ebenfalls und trottet schwanzwedelnd auf mich zu. Oh, oh.

Genug Mut bewiesen. Ich drücke noch schnell den Knopf, der die Außenklappen entriegelt, dann schließe ich die Tür wieder. Für Mujus feuchte und umwerfende Begrüßung bin ich definitiv nicht bereit. Nicht ohne jemanden an meiner Seite, der mich retten kann. Nein, nicht nur einfach jemanden, sondern Jared.

Sammy trippelt neben mir her, als ich in die Küche zurückkehre. Wo sich Kitty gerade über mein Müsli hermacht. Genauer gesagt schlabbert sie nur von der Milch, die ich über die Mischung aus Haferflocken, Nüssen und Fruchtstücken gegossen habe.

»Kitty!«, rufe ich empört aus. So laut und energisch, dass Sammy zusammenzuckt. Die Katze hingegen sieht mich nur kurz an, dann steckt sie ihre Zunge wieder ungeniert in die Milch.

Herrgott noch mal, kann sie nicht warten, bis sie ihr eigenes Futter bekommt?

»Das ist *MEIN* Frühstück«, erkläre ich und packe sie mit beiden Händen. Sie mauzt empört auf, zeigt aber nicht die Krallen. Ich schaue sie streng an. »Hat Annie dir keine Manieren beigebracht? Katzen haben auf dem Tisch nichts zu suchen. Und es wird nicht alles weggeschlabbert, was in Reichweite ist, verstanden?«

Das Klingeln an der Haustür unterbricht meine Strafpredigt. Kurz überlege ich, ob ich Kitty absetze, entscheide mich aber dagegen. Ich bin mir sicher, dass die kleine Diva meine Worte nicht beachten und sofort wieder auf den Tisch springen wird. Also nehme ich sie kurzerhand mit zur Haustür, hinter der Jared steht. Lächelnd öffne ich ihm.

»Guten Morgen, Jared. Du bist aber früh dran.«

»Guten Morgen. Zu früh?«

Ich schüttle den Kopf, woraufhin er sich zu mir beugt und mir einen Kuss auf die Wange gibt.

»Dann bin ich beruhigt«, erklärt er.

Die sanfte Berührung breitet sich wellenartig in meinem Körper aus. Ich schließe für einen Moment die Augen, um dem Gefühl nachzuspüren. Selbst, als ich sie wieder öffne, kribbelt die Haut an der Wange immer noch. Blinzelnd sehe ich ihn an.

»Alles in Ordnung?«, fragt er.

»Ja … ich glaube … schon.«

»Okay. Lässt du mich herein?«

»Äh … ja … natürlich.« Verwirrt trete ich beiseite.

»Catherine, was ist los?«, fragt er besorgt. »Hat dich eines der Tiere verschreckt?« Er schließt die Tür und richtet den Blick auf Kitty, die ich immer noch auf dem Arm trage. »Hat sie dich vielleicht gekratzt oder gebissen?«

»Was? Nein, alles bestens. Sie hat sich nur ungefragt an meinem Müsli bedient.«

Jareds Lippen verziehen sich zu einem Schmunzeln. »Aha, daher also der Milchbart. Ich habe mich schon gewundert.«

Gemeinsam gehen wir in die Küche, wo ich Kitty auf dem Boden absetze und sie streng ansehe. »Der Tisch ist tabu, verstanden?«

»Ich will dir ja nicht die Hoffnung nehmen, aber der Versuch, Katzen zu erziehen, ist ein sinnloses Unterfangen. Für Kitty bist du nur der Hofstaat. Dafür zuständig, die Türen und Futterdosen zu öffnen. Und sie anzuhimmeln natürlich auch.« Er zwinkert mir zu.

Meine innere Verwirrung ist noch immer nicht verflogen. Wie gebannt sehe ich ihn an, starre auf seine vollen Lippen, deren Berührung ich nach wie vor spüre. Als hätte sie sich in die Haut gebrannt.

Jared tritt näher und legt eine Hand auf meine Schulter. »Geht es dir wirklich gut?«

Ich will nicken, aber ich bin wie versteinert. Die Zunge klebt mir am Gaumen, der Kopf ist leer gefegt. Mein Fixpunkt befindet sich an der linken Schulter. Dort, wo er mich berührt. Dort, wo sich die Wärme seiner Hand ausbreitet, mich mit einem wohligen Gefühl einhüllt.

»Hey, falls du dir Sorgen um Annie machst, kann ich dich beruhigen. Ihr geht es gut, sie hatte eine ruhige Nacht.«

Annie. Die Erwähnung ihres Namens löst meine Starre. Ein Ruck geht durch meinen Körper. Endlich bin ich in der Lage, meinen Blick von Jareds Lippen zu lösen.

Was tue ich hier eigentlich? Wieso bringen mich seine Berührungen so durcheinander?

ER IST TABU, CAT!

»Du warst schon bei ihr?«, frage ich.

Natürlich war er das, sie ist schließlich die Frau, der nach dem Aufwachen die ersten Gedanken gehören. Besonders jetzt, da sie verletzt ist.

»Nein.« Jared schüttelt den Kopf und zieht seine Hand zurück, um sich damit durch die Haare zu fahren. »Aber ich habe im Krankenhaus angerufen, bevor ich hierhergekommen bin. Ich dachte, wir könnten zusammen hinfahren, wenn die Tiere versorgt sind.«

»Ja … gerne.« Verlegen trete ich einen Schritt zurück. Nur nicht zu viel Freude über seinen Vorschlag zeigen. Nicht, dass er noch etwas von den unpassenden Gefühlen bemerkt, die er in mir auslöst. Ich weise zum Anbau. »Dann lass uns anfangen. Die Außenklappen habe ich bereits entriegelt.«

»Oh, gut.« Jared lächelt. »Du hast dich alleine in die Höhle der Löwen gewagt. Ich bin stolz auf dich.«

»Na ja«, ich winke ab, »so mutig war das nicht. Bevor Muju mich erreichen konnte, habe ich mich schon wieder hinter der Tür in Sicherheit gebracht.«

»Ein Schritt nach dem anderen«, rät Jared, als wir zum Tierbereich gehen. »Für jemanden, der den Umgang mit Muju und Spike nicht gewohnt ist, schlägst du dich sehr gut. Und mit Sammy und Kitty verstehst du dich doch bereits prima.«

»Mit Blacky auch«, ergänze ich. Was allerdings nicht besonders schwer ist, da sie von allen Vierbeinern, die hier leben, am normalsten ist. Außerdem ist sie eine Katze und kein Hund, was das Ganze noch weiter erleichtert.

Als ich die Tür zum Anbau öffnen will, hält Jared mich auf.

»Warte.«

Ich sehe ihn an und versuche dabei, das Gefühl, das seine erneute Berührung in mir auslöst, zu ignorieren.

»Atme tief durch.« Er zieht seine Hand zurück und atmet betont lange ein. Dann wartet er, dass ich es ihm gleichtue. Gemeinsam atmen wir mehrmals ein und aus.

»Gut.« Jared lächelt. »Und nun fokussier dich darauf, der Rudelführer zu sein. Du sagst, wo es lang geht. Nicht Muju, nicht Spike und auch nicht unsere kleine Königin hier.«

Wir blicken auf Kitty hinab, die mauzend um uns herumläuft. Unwillkürlich muss ich schmunzeln. Ob sie die Rolle der Anführerin so einfach abtreten wird?

»Nicht die Untertanen zu freundlich anlächeln«, sagt Jared und legt einen Finger unter mein Kinn, hebt damit meinen Kopf wieder an, bis unsere Blicke sich treffen. Er sieht mich mit strenger Miene an, aber um seine Marzipankartoffelaugen haben sich winzige Fältchen gebildet. Sie verraten das Lächeln, das er sich zu verkneifen versucht.

Ich hebe den Kopf noch etwas weiter, schiebe das Kinn vor, strecke den Rücken durch und tippe mit einem gespielt empörten Ausdruck gegen seinen Finger. Er senkt grinsend den Arm.

»Genau das habe ich gemeint«, lobt er mich. »Bereit?«

Bin ich das? Zweifel wagen den Versuch, sich in den Vordergrund zu schieben. Energisch lasse ich sie an meiner gefestigten Fassade abprallen. Was soll schon passieren, Jared ist ja bei mir. Entschlossen nicke ich und er öffnet die Tür.

Gemeinsam betreten wir den Tierbereich. Muju und Spike erheben sich bellend und stürmen auf uns zu. Meine Schultern sinken herab, die gefestigte Fassade fängt an zu bröckeln.

Oh, Mist, was mache ich hier eigentlich?

»Rudelführer!«, erinnert Jared mich mit einem strengen Tonfall.

Sofort straffe ich die Schultern wieder, hebe den Arm und mache mit der Hand das Stoppzeichen.

»Aus!«, rufe ich dazu laut.

Spike wird augenblicklich langsamer, Muju hingegen lässt sich davon nicht beeindrucken. Instinktiv winkle ich den Arm an, als er das Stoppzeichen ignoriert und mich anspringt. Mit einem energischen »Aus, Muju!« wehre ich ihn ab. Der Bobtail zeigt sich kurz verwundert, startet aber dann den nächsten Versuch.

»Nein«, rufe ich verzweifelt aus, drehe mich weg und warte darauf, dass Muju mich gegen die Wand drängt.

Was nicht passiert, da Jared beherzt eingreift. Er packt den Hund am Halsband, zieht ihn zurück und bringt ihn mit einem einzigen Anticken am Rücken dazu, seinen Überfall zu unterlassen.

»Wie hast du das gemacht?«, frage ich verwundert, während ich die Tränen wegblinzle, die mir der Schreck beschert hat.

Er zeigt mir den Griff, bei dem er Finger und Daumen anwinkelt, als wolle er sich irgendwo festkrallen.

»Du formst die Finger wie eine Kralle«, erklärt er dazu, »und packst einmal kräftig zu. Das tut dem Hund nicht weh, sondern ist eher wie ein Zwicken des Rudelführers. Du weckst damit die Instinkte und in der Regel ordnet er sich dann sofort unter.«

Ich nage an meiner Unterlippe, während ich Muju betrachte. Stimmt, er ist friedlich und schaut erwartungsvoll zu Jared auf. Ganz klar, wer für ihn hier der Rudelführer ist. Seufzend frage ich mich, ob ich das jemals für diesen großen, unbändigen Hund sein werde.

»Wir üben das heute Abend noch mal«, sagt Jared.

Überrascht sehe ich ihn an. »Heute Abend?«

»Fütterung. Zweimal am Tag. Morgens und abends«, erinnert er mich mit einem Zwinkern.

»Ja, das weiß ich. Aber soll das heißen, du hilfst mir dann auch wieder?«

Er legt einen Arm um meine Schultern und drückt mich kurz an sich. »Na klar.«

Mir fällt ein Stein – nein, ein ganzes Gebirge – vom Herzen. Gott sei Dank!

Das Füttern verläuft dann ohne weitere Vorfälle. Wieder bereiten wir gemeinsam die Portionen vor und verteilen sie. Nach dem Reinigen und Auffüllen der Wassernäpfe sehe ich Jared an.

»Lust auf einen Kaffee?«

Er nickt und wir gehen in die Küche zurück. Dort schenke ich uns zwei Becher voll und entsorge leicht angewidert das Müsli. Einen Augenblick später sitzen wir uns am Küchentisch gegenüber und schauen uns über den aufsteigenden Dampf des heißen Kaffees hinweg wortlos an. Unwillkürlich frage ich mich, woran er denkt. Bestimmt an Zeiten, in denen er so mit Annie hier gesessen hat.

Ich ringe mit mir, ob ich ihn auf Annie ansprechen soll. Nicht nur auf sie, sondern vor allem auf die Beziehung zwischen ihnen. Es interessiert mich brennend, wie lange sie schon ein Paar sind, wie sich alles entwickelt hat und so.

Nein, ich schüttle den Kopf. Das ist jetzt weder der richtige Moment, noch ist Jared der korrekte Ansprechpartner dafür. Das sind Dinge, die ich Annie und nicht ihn fragen sollte.

»An was hast du gedacht?«, unterbricht er meine Gedanken.

»Hm?« Ich sehe ihn fragend an.

»Du hast den Kopf geschüttelt. Worüber?«

Mist, was antworte ich denn jetzt? Ich werde unruhig. Mit der Wahrheit will ich nicht raus. Verdammte unpassende Fragen zu unpassender Zeit vom unpassenden Gesprächspartner.

Mein Handy klingelt. Ich schicke ein Dankesgebet gen Himmel. Wer immer mich da rettet, ich liebe diese Person dafür. Erleichtert greife ich nach dem Telefon und nehme das Gespräch an.

»Hallo, Ms. Oatman, hier ist Neill … Neill Sharpe.«

»Oh, hallo, Doktor Sharpe. Ich habe gerade an Sie gedacht.« Mein Blick wandert zu Jared, der mir stirnrunzelnd entgegenblickt. »Ist mit Annie alles in Ordnung?«

»Ja, ihr geht es gut«, antwortet der Arzt.

Ich strecke den Daumen in die Höhe, damit Jared Bescheid weiß. Er atmet hörbar aus und lehnt sich auf dem Stuhl zurück.

»Deswegen rufe ich an«, fährt Dr. Sharpe fort. »Ich wollte Sie informieren, damit Sie sich keine unnötigen Sorgen machen. Wir bringen Annie jetzt zum MRT, um die Schwellung zu überprüfen.«

»Wie lange wird das dauern?«

»Etwa eine Stunde. Kommen Sie doch in neunzig Minuten vorbei, dann teile ich Ihnen die Ergebnisse mit.«

»Wunderbar, das machen wir«, antworte ich.

»Wir?«, hakt der Arzt nach.

»Ja, Jared und ich. Er ist gerade hier und wir wollen zusammen zum Krankenhaus fahren.«

Stille am anderen Ende der Leitung.

Oh Gott, der denkt doch nicht etwa, dass Jared hier übernachtet hat. Bei mir. In meinem Bett.

Mist, ich will nicht, dass er mich für eine schlechte Freundin und Jared für einen Mann hält, der Annie betrügt.

»Er hat hier nicht übernachtet«, platzt es aus mir heraus, woraufhin Jared mich mit großen Augen ansieht. Ich lächle lediglich gequält und winke ab.

»Das geht mich nichts an«, antwortet Dr. Sharpe.

Stimmt. Trotzdem. Nicht, dass er eine komische Bemerkung Annie gegenüber macht. Wenn die erst mal wieder bei Bewusstsein ist. Bald. Hoffentlich.

»Richtig«, erwidere ich, »ich wollte nur kein Missverständnis aufkommen lassen. Aber egal … vergessen Sie meine Worte … in anderthalb Stunden sagten Sie?«

»Ja. Oder später. Je nachdem, wie es bei Ihnen … und Jared … passt.«

Ha, netter Unterton. Ich verdrehe die Augen. Was für ein Witzbold. Bis gestern fand ich ihn noch recht sympathisch.

»Danke für Ihren Anruf, Doktor Sharpe, bis später«, würge ich das Gespräch ab, bevor wir uns weiter in diesem Thema verheddern. Er erwidert etwas, aber ich höre nicht mehr zu, sondern tippe genervt aufs Display, um die Verbindung zu kappen.

Nach einem tiefen Atemzug setze ich ein Lächeln auf und sehe Jared an.

»Bei Annie wird gleich ein MRT durchgeführt. In anderthalb Stunden können wir das Ergebnis erfahren. Was machen wir bis dahin?«

Er streicht sich durch den Vollbart, während er mich aus seinen Marzipankartoffelaugen betrachtet. Intensiv. Lange. Nur das kratzige Geräusch, das die widerborstigen Barthaare bei jeder Berührung hinterlassen, erfüllt den Raum. Zumindest nehme ich an, dass sie borstig sind. Berührt habe ich sie ja nicht. Noch nicht.

Cat, verdammt, lass den Gedanken!

»Da fällt mir nur eines ein«, antwortet Jared und unterbricht damit meine unsteten Überlegungen.

Nur eines? Aha. Will ich das genauer wissen? Da ist so ein merkwürdiges Blitzen in seinen Augen, das mich daran zweifeln lässt.

Er schiebt mit Schwung den Stuhl zurück, steht auf

und reicht mir die Hand. Unsicher blicke ich zu ihm auf. Was bitte soll das werden?

»Komm!«, sagt er und wackelt mit den Fingern. »Es gibt da etwas, das sich hervorragend als Zeitvertreib eignet.«

Ich starre ihn entsetzt an.

OH NEIN, AUF GAR KEINEN FALL!

Kapitel 12

Jared legt eine Hand an den Türknauf. Doch er öffnet die Tür nicht, sondern sieht mich mit einem fragenden Blick an.

Was denn? Will er sich vergewissern, dass ich das auch wirklich möchte? Erst redet er minutenlang mit Engelszungen auf mich ein, bis er mich überzeugt hat, und nun kommen ihm doch Zweifel? Nein, nein, dafür ist es jetzt zu spät. Wir ziehen das durch. Gemeinsam.

Ich atme tief durch, straffe die Schultern und nicke. »Los. Alles gut, ich bin bereit.«

»Genau das wollte ich hören.« Er zwinkert mir zu, dreht den Knauf, öffnet die Tür und macht eine einladende Geste. »Die Rudelführerin als Erstes.«

Mit erhobenem Kopf betrete ich den Tierbereich. Blacky öffnet nur träge ein Auge, beachtet mich aber nicht weiter. Allerdings ist das mehr Aufmerksamkeit, als ich von Bonnie und Clyde bekomme. Die beiden liegen zusammengekuschelt auf dem Kratzbaum. Auf ihrem Fell glitzern Eiskristalle. Sie müssen nach dem Fressen kurz draußen gewesen und gerade erst wieder hereingekommen sein.

Kitty ist gar nicht da. Nun gut, wenn alles klappt, brauche ich ihre Hilfe auch nicht, um Muju und Spike in den Griff zu bekommen. Zumal Jared an meiner Seite ist. Er schaut ebenso wie ich einmal in die Runde und nimmt dann Sammy auf den Arm, der sofort zu uns gekommen ist. Muju erhebt sich und trottet ebenfalls auf uns zu, was Spike auf den Plan bringt. Er springt auf und spielt wie üblich singende Ballerina.

Bekommt er eigentlich nie genug davon?

Ich nehme die Leinen, was Muju erfreut aufbellen lässt. Schwanzwedelnd stürmt er auf mich zu. Jetzt heißt es Ruhe bewahren und richtig handeln. In dem Moment, in dem er mich anspringen will, packe ich ihn am Halsband und nutze seinen Schwung, um ihn seitlich zu drehen, sodass er ins Leere springt. Kaum steht er wieder auf allen Vieren, greife ich mit den Fingerspitzen in sein Fell, so wie Jared es mir gezeigt hat. Fest und bestimmt. Ich weiß nicht, wer von uns verdatterter ist, der Hund oder ich. Auf jeden Fall sitzt Muju schneller auf den Hinterpfoten, als ich das für möglich gehalten hätte.

»Guter Hund«, lobe ich und kraule ihn am Kopf.

Nachdem ich ihm die Leine angelegt habe, atme ich auf. Die erste Aufgabe wäre geschafft.

»Das hat sie gut gemacht, nicht wahr?«, flüstert Jared Sammy zu und lächelt mich dabei an. »Gib mir die Leine, dann hast du die Hände frei, um den verrückten Ballerino einzufangen.«

Dankbar reiche ich sie ihm und gehe mit der zweiten auf Spike zu.

»Kopf hoch, Rudelführerin!«, wirft Jared mir zu. »Du hast hier das Sagen.«

Richtig. Ich korrigiere meine Haltung. Der Jack Russell zeigt sich dennoch unbeeindruckt. Er tänzelt weiter, als wäre das sein Solopart. Mit drei energischen Schritten trete ich an ihn heran und versuche, sein Halsband zu packen. Was angesichts der Drehungen nicht einfach ist. Um nicht versehentlich in sein Maul zu gelangen, das wegen der Mischung aus Jaulen und Bellen weit aufgerissen ist, gehe ich zögerlich vor und greife prompt daneben. Mist! Herrgott, diese Pirouettendreherei nervt mich.

»Schluss damit!«, rufe ich aus und wende den Fingerspitzengriff an. Zwar erwische ich mehr die Flanke als den oberen Rücken, aber der Effekt tritt trotzdem ein. Spike quiekt empört auf, stellt sich auf alle vier Pfoten und sieht zu mir auf.

»Sitz!«, füge ich den nächsten Befehl hinzu.

Nichts passiert. Na klar, das wäre ja auch zu einfach

gewesen. Ich schüttle den Kopf und will Spike die Leine dennoch anlegen, als Jared hinter mir ein Zischen von sich gibt.

»Durchsetzen«, raunt er mir zu. »Jetzt oder nie.«

Ernsthaft? Habe ich nicht schon genug erreicht? Innerlich aufseufzend gebe ich mich geschlagen. Ich sollte auf ihn hören, er ist schließlich der Experte. Bisher haben mich seine Tipps ja auch zum Erfolg geführt.

»Sitz!«, wiederhole ich den Befehl an Spike. Den er erneut ignoriert. Ich starre ihn grimmig an. Wieder nichts.

Okay, dann eben das letzte Mittel. Ich forme die Finger zur Kralle und stupse ihn damit am Ende des Rückens an, begleitet von einem weiteren energisch hervorgebrachten Sitzbefehl. Endlich senkt Spike sein Hinterteil. Ich schicke ein Dankesgebet gen Himmel.

Nachdem ich die Leine eingeklinkt habe, blicke ich stolz zu Jared. Er lächelt anerkennend.

»Gut gemacht, Catherine.«

»Danke«, erwidere ich. »Sieht so aus, als wäre Kitty nicht die einzige Katze, die die beiden Racker in die Schranken weisen kann. Ich denke, ich habe meinem Spitznamen gerade alle Ehre gemacht.«

Jared sieht mich stirnrunzelnd an, dann erhellt sich seine Miene. »Ah, Cat. Du sprichst von der passenden Abkürzung deines Namens.« Er zwinkert mir zu.

»Darf ich dich auch so nennen?«

»Na klar.«

»Okay, Cat, wollen wir los?«

Ich nicke und folge ihm.

Dick eingepackt in Winterklamotten verlassen wir wenig später das Haus. Jared hat den Reißverschluss seiner Jacke nicht ganz geschlossen und trägt Sammy vor der Brust. Der Kleine genießt den Aussichtspunkt. Bestimmt gilt das auch für den Schutz vor der Kälte und dem herabfallenden Schnee.

Muju trottet neben Jared her, während Spike an meiner Seite ist. Es ist still an diesem verschneiten Morgen. Außer dem Knirschen des Schnees unter unseren Schuhen und dem Geschnüffel der Hunde ist nichts zu hören. Nach dem turbulenten Start in den Tag, an dem ich mich als Rudelführerin behaupten musste, ist die Ruhe geradezu himmlisch.

»Darf ich dich etwas fragen?«, durchbricht Jared die Stille.

»Natürlich.«

Wir bleiben stehen, weil Muju etwas für ihn Hochinteressantes in einem mit Schnee bedeckten Laubhaufen aufgespürt hat. Mit vollem Einsatz buddelt er darin herum. Ich beobachte ihn kurz dabei, dann sehe ich Jared erwartungsvoll an.

Er reibt sich über Bart und verwischt damit die glitzernden Eiskristalle, die sich an den Spitzen festgesetzt haben.

»Warum hast du vorhin so deutlich betont, dass ich nicht im Haus übernachtet habe?«

»Ach das …« Ich versuche, die Bemerkung als belanglos mit einer Handbewegung wegzuwischen. »Das war nur, weil Doktor Sharpe so merkwürdig darauf reagiert hat, dass wir zusammen zum Krankenhaus kommen.«

Jared schnauft verächtlich. »Das geht ihn nun wirklich nichts an. Der Idiot soll sich um seinen eigenen Kram kümmern.«

Obwohl ich ganz seiner Meinung bin, überrascht mich die Heftigkeit des Tonfalls.

»Beruhige dich«, antworte ich und lege eine Hand auf seinen Arm. »Er hat selbst gesagt, dass ihn das nichts angeht.«

Jareds zu Schlitzen verengte Augen weiten sich wieder. Er holt tief Luft und scheint sich zu entspannen.

»Vergiss die Bemerkung, Jared. Sie war unbedacht von mir. Es gab überhaupt keinen Grund dafür. Entschuldige bitte.«

»Schon gut.« Er lächelt schwach. »Es gibt nichts, wofür wir uns rechtfertigen müssen.«

Das stimmt, zum Glück ist nichts zwischen uns vorgefallen. Was mir wichtig ist, da ich mich nicht in eine Beziehung einmische. Obwohl ich auf der anderen Seite nicht verhehlen kann, dass ich mich stark zu Jared hingezogen fühle. Was blöd und total unpassend ist. Aber das scheint mein Herz nicht zu interessieren. Verdammt. Ich muss dafür sorgen, ihn immer als das zu sehen, was er ist. Vergeben. An meine Freundin. Die gerade bewusstlos im Krankenhaus liegt.

Mit diesem Vorsatz vor Augen hebe ich das Kinn und setze ein Lächeln auf. »Ganz genau. Es ist rein gar nichts vorgefallen und so wird es auch bleiben!«

Eine winzige Falte bildet sich auf Jareds Stirn. Glaubt er mir etwa nicht? Hey, ich bin keine Frau, die ihrer Freundin den Kerl ausspannt!

Das energische Ziehen von Spike an der Leine lenkt mich von dem Gedanken ab. Was ist denn los?

Ein Schneehase, der in einiger Entfernung genüsslich an der Rinde eines Baumes knabbert, hat offenbar den Jagdinstinkt des Jack Russels geweckt. Das weiße Fell des Tieres hebt sich kaum vom Schnee ab, in dem es kauert. Als es den Tumult bemerkt, dem sich auch Muju anschließt, zieht es sich blitzschnell ins Unterholz zurück. Ich habe Mühe, Spike zurückzuhalten, der hinterher will.

Ebenso wie der Bobtail, der Jareds Kraft testet. Jedoch nicht sehr lange, denn der fackelt nicht, zischt und greift Muju mit dem Klammergriff ins Fell. Schlagartig ist der Schneehase vergessen und alle Aufmerksamkeit gilt dem Mann am Ende der Leine.

»Sitz!«, befiehlt er und das Hinterteil des Hundes senkt sich.

Spike hingegen stemmt sich auch weiterhin gegen den Zug der Leine. Er steht auf den Hinterbeinen – zur Abwechslung mal nicht tänzelnd – und bellt, was das Zeug hält. Kopfschüttelnd ticke ich ihn ebenfalls an. Als er daraufhin nach wie vor bellend zu mir schaut, wiederhole ich den Griff, dieses Mal jedoch sanfter. Ohne, dass ich noch etwas sagen muss, beruhigt der Jack Russel sich.

»Das war gut«, lobt Jared mich. »So langsam hast du den Dreh raus.«

Stimmt. Und das Beste ist, dass ich rein instinktiv gehandelt habe. Zumindest was die zweite Einforderung der Aufmerksamkeit angeht. Mit vor Stolz geschwellter Brust strahle ich Jared an.

»Dann lass uns weitergehen«, schlägt er vor. »Bevor wir hier noch festwachsen.«

Nach einer Stunde sind wir wieder beim Haus. Jareds Anblick bringt mich zum Schmunzeln. In seinem braunen Bart haben sich Eiskristalle an die Spitzen gesetzt und lassen ihn nahezu weiß erscheinen. Zusammen mit der schneebedeckten roten Pudelmütze erinnert er mich stark an jemanden, der bald die Kinder bescheren wird.

»Was ist?«, fragt er, als er mein Lächeln bemerkt.

»Du siehst aus wie Santa Claus.«

Seine Augen weiten sich und zeigen einen Hauch von Empörung. Er strafft die Schultern und klopft sich auf den Bauch.

»Fehlt da nicht einiges an Jahren und Pfunden?«

Ich lege den Kopf schief und klimpere mit den Wimpern. »Du bist halt die jüngere Ausgabe. Als Santa noch jung, knackig und durchtrainiert war.«

»So so.« Seine Mundwinkel verziehen sich. Er streckt den Arm aus und wischt mit der Fingerspitze eine Schneeflocke von meiner Nase. Die sanfte Berührung, gepaart mit dem intensiven Blick, den er mir dabei zuwirft, bringt mich vollkommen durcheinander. »Dann bleiben mir also noch ein paar Jahre.«

Ich starre ihn verständnislos an. Was? Jahre wofür? Um mir Schneeflocken aus dem Gesicht zu wischen? Nicht die schlechteste Vorstellung.

»Bevor ich mir Gedanken über die Anschaffung von Rentieren und einem Schlitten machen muss?«, beantwortet er meine unausgesprochene Frage mit einem Lachen. »Was glaubst du, wie viele Jahre mir noch bleiben, bis ich mich vom Junior zu Santa Senior entwickelt habe?«

Keine Ahnung. Viele? Mit kalten Wintern und hoffentlich einer Menge herabfallender Flocken, von denen einige den Weg auf meine Nasenspitze finden.

Mit einem Räuspern hole ich den Schlüssel aus der

Jackentasche. Ich muss unbedingt aus dieser Situation raus.

Denk an Annie, denk verdammt noch mal an Annie!

»Bestimmt so einige«, sage ich, als ich die Tür aufschließe. »Allerdings nur, wenn wir endlich ins Warme kommen.«

»Warm klingt gut«, erwidert Jared. Er folgt mir ins Innere, setzt Sammy auf den Boden und will mir die Jacke abnehmen, aus der ich gerade schlüpfe. Doch ich weiche ihm aus, tue so, als hätte ich die Geste nicht bemerkt.

Das beschert Spike ein liebevolles Tätscheln am Kopf, mit dem ich meinem Abtauchen einen Sinn zu geben versuche. Mit zitternden Fingern löse ich die Leine und führe ihn am Halsband in den Tierbereich.

Nachdem wir die Hunde in den Anbau gebracht haben, schaue ich auf die Uhr und danach das erste Mal seit unserem Eintreten ins Haus wieder zu Jared.

»Annies MRT müsste erledigt sein. Wollen wir losfahren?«

»Du willst direkt zum Krankenhaus durchstarten?« Jared schaut mich mit einer Spur Verblüffung an. »Wie wäre es mit einem kurzen Durchatmen und vielleicht einer Tasse Kaffee zum Aufwärmen?«

Am besten noch einträchtig auf dem Sofa? Eng

beieinander? Oder wie stellt er sich das vor?

In meinem Kopf nimmt das Gedankenkarussell schon wieder Fahrt auf. Stopp! Anhalten! Ich will aussteigen … sofort.

»Willst du denn gar nicht wissen, wie es um Annie steht?«, frage ich.

»Doch natürlich.« Trübsinn zeigt sich auf seinem Gesicht. »Es vergeht keine Stunde, in der ich nicht an sie denke.«

Das glaube ich ihm aufs Wort.

»An sie, den verdammten Unfall und die Folgen, die der Tritt des Pferdes für sie haben kann.« Jared kommt einen Schritt auf mich zu. »Aber ich mache mir auch Gedanken um dich. Wir sind über eine Stunde in der Kälte herumgelaufen. Mit der roten Nase konkurrierst du mit Rentier Rudolph und deine Hände haben gerade eben ziemlich gezittert.«

MIST, ENTGEHT DEM KERL DENN GAR NICHTS?

»Das ist längst vorbei.« Entschlossen strecke ich die Arme aus. »Hier, kein Zittern, keine Frostbeulen, alles bestens. Ich muss mich nicht aufwärmen. Außerdem haben Autos so etwas Neumodisches wie Heizungen.«

Jared hebt die Schultern und atmet hörbar aus.

»Okay, wie du willst. Fahren wir also direkt zum Krankenhaus.«

NA BITTE, GEHT DOCH. WARUM NICHT GLEICH SO?

Kapitel 13

Nachdem Jared den Motor seines Wagens gestartet hat, stellt er die Heizung auf die höchste Stufe. Ich weiß nicht, ob ich darüber den Kopf schütteln oder ihm dankbar sein soll. Denn obwohl ich steif und fest behauptet habe, dass ich mich nicht aufwärmen muss, ist es mehr als angenehm aus der Kälte heraus zu sein.

Als wir auf der Hauptstraße sind, hört es auf zu schneien und die Sonne sucht sich ihren Weg durch die Wolken, die mehr und mehr aufreißen. Strahlendblauer Himmel kommt zum Vorschein und der Schnee glitzert im Sonnenschein. Ein wundervoller Wintertag kündigt sich an. Zumindest was das Wetter angeht. Aber vielleicht haben wir Glück und es gibt auch gute Nachrichten in Bezug auf Annies Zustand. Unwillkürlich umschließe ich die Daumen mit den Fingern und drücke sie fest.

Jared sieht zu mir und legt eine Hand auf meine gedrückten Daumen. »Mach dir nicht so viele Sorgen. Die Ergebnisse sind bestimmt zufriedenstellend.«

Wieder einmal verblüfft er mich mit seiner guten Beobachtungsgabe und seinem Einfühlungsvermögen. Dankbar lächle ich ihn an, entziehe ihm aber gleichzeitig meine Hände. Seufzend fahre ich mir übers Gesicht und durch die Haare.

»Es wäre schön, wenn du damit recht hättest.«

»Positiv denken, Cat. Sie wird es schon schaffen. Annie ist zäh.«

Wie ein Mantra wiederhole ich den Satz auf der restlichen Fahrt bis zum Krankenhaus. Positiv denken, positiv denken, positiv denken. Doch kaum öffnen sich die Türen des Fahrstuhls auf der Unfallstation, breitet sich der Druck im Magen wieder aus.

Zum Glück läuft uns auf dem Weg zu Annies Zimmer Dr. Sharpe über den Weg. Als er uns entdeckt, heftet sich sein Blick auf mich. Er lächelt zudem, was mich augenblicklich ein wenig beruhigt.

Als wir voreinanderstehen, hebe ich kurz die Hand. Jared hingegen vergräbt seine tief in den Hosentaschen.

»Wie geht es ihr?«, frage ich.

»Guten Morgen, Ms. Oatman«, erwidert der Arzt.

Ich ignoriere seinen Gruß, den er so offensichtlich nur an mich gerichtet hat, und sehe ihn weiter erwartungsvoll an.

»Die Ergebnisse des MRT sind gut«, fährt er fort.

Erleichtert atme ich auf. Auch Jared lässt hörbar die Luft entweichen.

»Aha, und was heißt das genau?«, will er wissen. »Ein paar Details mehr wären ganz nett.«

Dr. Sharpes Blick gleitet kurz zu ihm, dann sieht er mich wieder an. Herrgott, geht mir dieser Konflikt zwischen den beiden auf die Nerven. Können die nicht einmal über ihren Schatten springen? Annie zuliebe.

»Die Schwellung ist deutlich zurückgegangen. Trotzdem möchten wir Annie erst morgen aus dem Koma holen.«

»Warum?«, fragen Jared und ich wie aus einem Mund. Dr. Sharpe runzelt die Stirn und sieht zwischen uns hin und her.

»Das ist eine Entscheidung, die ich zusammen mit dem Neurologen getroffen habe«, erwidert er. In seinem Tonfall schwingt Verärgerung mit. »Ihr könnt mir glauben, dass ich sie auch so schnell wie möglich aus dem Koma holen möchte. Aber momentan ist es das Beste für Annie. Sie braucht Ruhe. Weitere Entlastung für ihr Gehirn kann nicht schaden. Wir wollen einfach sichergehen, verdammt noch mal.«

Es wundert mich, wie aufgebracht er ist. Ich weiß zwar, wie sehr er sich für seine Patienten engagiert, aber diese Reaktion schreit geradezu nach extremer Besorgnis. Unwillkürlich frage ich mich, ob Annies Zustand doch ernster ist, als er zugibt. Steckt vielleicht mehr dahinter, dass sie das künstliche Koma noch aufrecht erhalten wollen?

Jared tritt neben mir von einem Fuß auf den anderen. Er hat die Hände weiterhin in den Hosentaschen verborgen, allerdings sind sie inzwischen zu Fäusten geballt. Oh, oh.

»Wir verstehen das natürlich«, sage ich mit sanfter Stimme an Dr. Sharpe gewandt. Das stimmt zwar nicht unbedingt – für Jared ganz sicher noch weniger als für mich – trotzdem will ich vorbeugen. Bloß keine weitere Auseinandersetzung zwischen den Kerlen. »Können wir zu ihr?«

»Ja, natürlich. Sie ist bereits wieder auf dem Zimmer.« Der Arzt macht eine einladende Geste mit dem Arm und begleitet uns zu dem Raum am Ende des Flurs.

Leise und behutsam öffne ich die Tür. Auf den Monitoren der Geräte, die Annies Vitalzeichen überwachen, ziehen die wellenartigen Linien wieder ihre Bahnen. Mein Blick wandert zu Annie, die mit geschlossenen Augen in dem großen Krankenbett liegt. Sie ist nicht mehr so blass wie gestern. Ihre Wangen haben eine wunderbare rosige Farbe und die dunklen Ränder unter den Augen sind verschwunden. Ich lächle Jared erleichtert an.

»Sie sieht viel besser aus als gestern«, sage ich leise.

Er umfasst meine Hand und drückt sie. »Unsere positive Energie hat sich auf sie übertragen.«

Dr. Sharpe räuspert sich. »Ihr Zustand ist vielversprechend. Aber wie gesagt, gönnen wir ihr noch etwas Ruhe.« Er schaut mich bei den Worten zwar an, allerdings entgeht mir nicht, dass sein Blick auch kurz zu meiner Hand gleitet, die Jared inzwischen wieder losgelassen hat.

Hey, ich habe doch klargemacht, dass zwischen Jared und mir nichts läuft.

»Natürlich.« Ich lächle den Arzt an. »Danke, dass Sie uns auf dem Laufenden halten.«

»Gerne«, grummelt er mit einem Seitenblick auf Jared. »Sobald es Neuigkeiten gibt, sage ich Bescheid.«

Nachdem Dr. Sharpe den Raum verlassen hat, setzen wir uns zu Annie ans Bett. Ich umfasse die Hand meiner Freundin und drücke sie sanft. Jared macht es auf der anderen Seite des Bettes ebenso. Mit leisen Stimmen begrüßen wir sie und erzählen ihr von den Tieren. In Jareds Tonfall schwingt Stolz mit, als er ihr versichert, dass ich mich hervorragend schlage.

Zwischendurch sitzen wir auch einfach nur da und

beobachten Annie. Es beruhigt mich nach wie vor, dass sie nicht an ein Beatmungsgerät angeschlossen ist. Der Beutel der Infusion, an der sie hängt, ist fast leer. Ich verfolge ein paar Sekunden lang das stetige Fallen von Tropfen in den Durchflussbegrenzer.

»Es ist nur eine Kochsalzlösung«, informiert Jared mich. »Nichts, was dich beunruhigen muss.«

»Darüber mache ich mir auch am wenigsten Sorgen«, antworte ich seufzend. »Ich wünsche mir einfach nur, dass sie uns bald wieder anblickt und alles in Ordnung ist.«

»Ja, das wäre schön«, erwidert Jared. Er streicht Annie über die Wange. »Ihre fröhliche, mitreißende Art fehlt mir. Sie so zu sehen ist hart.«

Ich nicke. Für ihn muss es die Hölle sein. Das Gefühl von Schuld steht ihm wieder ins Gesicht geschrieben. Ein Ausdruck, der etwas verflogen war, als wir uns zusammen um die Tiere gekümmert haben. Offenbar hat ihn das – genauso wie mich – von der Sorge um Annie abgelenkt. Aber hier, an ihrem Krankenbett, mit der Verletzung am Kopf und dem künstlichen Koma direkt vor Augen, ist alles wieder präsent.

Hoffentlich schafft er es nach unserem Krankenbesuch, erneut Abstand von den Vorwürfen zu bekommen.

Als wir später das Krankenhaus verlassen, hat die Sonne sich am Himmel durchgesetzt. Die grauen Wolken, die den Ort am Morgen noch mit neuem Schnee eingedeckt haben, sind weitergezogen. Nur der kühle Wind, der uns entgegenschlägt, setzt sich der wärmenden Sonnenkraft entgegen und macht uns klar, welche Jahreszeit wir haben. Fröstelnd schlägt Jared den Kragen seines Mantels hoch.

»Komm«, er hält mir einladend die Hand hin, »ich bringe dich schnell nach Hause und danach muss ich in die Praxis.«

»Gegenvorschlag: Du nimmst mich mit zur Praxis und von dort aus laufe ich.«

Er zieht die Stirn in Falten. »Bist du sicher? Das ist nicht gerade um die Ecke von Annies Haus und der fiese kalte Wind ist heute nicht ohne.«

Schwungvoll werfe ich mir das eine Ende meines Schals über die Schulter. »Keine Sorge, das macht mir nichts aus. Außerdem komme ich am *Sweet & Fresh* vorbei. Die beste Gelegenheit, mich aufzuwärmen und zu stärken.«

Er zuckt mit den Schultern. »Wie du meinst.«

Noch einmal hält er mir einladend die Hand hin. Ich zögere einen Moment, doch dann denke ich an den Trübsinn, der seine Miene an Annies Krankenbett überzogen hat. Die kleine trostspendende Berührung wird ihm sicher gut tun. Also lege ich meine Hand in seine. Er schließt die Finger um meine und geht los.

Während ich ihm folge, spüre ich die Wärme seiner Haut und den sanften Druck, mit dem er mich festhält. Die Kälte, die uns auf unserem Weg zum Wagen begleitet, ist wie abgeschirmt – zumindest für mich. Und für die Schmetterlinge in meinem Bauch, die in heller Aufruhr sind.

HEY, KRIEGT EUCH MAL WIEDER EIN. DIE BERÜHRUNG IST VÖLLIG HARMLOS.

»Bitte schön.« Jared zieht die Tür an der Beifahrerseite auf und lässt meine Hand los. Leider. Aber wenigstens hört damit auch das unpassende Geflatter in meinem Bauch auf.

»Danke, mein Herr«, sage ich mit einem Lächeln und schlüpfe ins Auto.

Im Radio läuft »Rudolph, the Red Nosed Reindeer«, als Jared den Motor startet. Er sieht zu mir.

»Dein Song«, sagt er und zwinkert mir grinsend zu.

Ich klappe die Blende herunter und schaue in den Spiegel. Keine rote Nase. Nur leicht rosige Wangen.

Trotzdem singe ich den Refrain mit. Jared stimmt sofort mit ein. Seine tiefe Stimme vermischt sich mit meiner. Gemeinsam schmettern wir Zeile für Zeile in den Innenraum des Autos, wenn auch nicht immer in der passenden Tonlage und mit einigen falschen Textstellen. Aber was solls. Das ist ja hier auch nicht das alljährliche Chorsingen.

Ich werfe ihm einen Seitenblick zu. Der gequälte Zug um seine Augen ist verschwunden. Stattdessen ist der Glanz in seine Marzipankartoffelaugen zurückgekehrt. So gefällt mir das schon viel besser.

Als wir bei der Tierarztpraxis vorfahren, überquert ein Paar die Straße und kommt auf uns zu. Die junge Frau trägt einen Hund auf dem Arm. Eine der Vorderpfoten ist blutbeschmiert. Jared springt sofort aus dem Wagen, nachdem er den Motor abgestellt hat.

»Was ist passiert?«, fragt er die Frau mit den langen blonden Haaren, die ich nicht kenne. »Ist das nicht Rocky, der Hund von Helen Smith?«

Die junge Frau nickt. Tränen laufen ihr über die Wangen. Stockend erklärt sie, dass sie die Hundesitterin ist und nicht richtig aufgepasst hat.

»Er muss in eine Scherbe oder so was getreten sein«, sagt sie kaum hörbar.

Ihr Begleiter legt einen Arm um ihre Schultern und drückt sie kurz an sich. »Es war nicht deine Schuld.«

»Kommen Sie mit rein, ich sehe mir das sofort an.« Jared öffnet die Praxistür und hält sie auf. Ich überlege, was ich tun soll. Helfen kann ich ihm nicht. Im Gegenteil: Vermutlich würde ich nur im Weg herumstehen. »Catherine?«, fügt Jared fragend hinzu, nachdem die anderen beiden an ihm vorbeigegangen sind. Er sieht mich erwartungsvoll an.

Okay. Schulterzuckend folge ich der Aufforderung und betrete ebenfalls die Praxis. Sie ist hell und macht einen einladenden Eindruck. Die Wände des Flurs sind in unterschiedlichen Farben gestrichen. Der Wartebereich ist vom Flur durch eine bodentiefe Glasscheibe abgetrennt. Es stehen bunte Stühle in verschiedenen Höhen zur Verfügung. Für Klein und Groß, geht es mir durch den Kopf.

An der rechten Wand des Wartezimmers hängen unzählige Fotos von Hunden, an der gegenüberliegenden Seite von Katzen. Die dritte Wand ist mit Bildern verschiedener Tiere geschmückt. Die Fotografie eines Pferdes jagt mir einen Schauer über den Rücken. Schnell folge ich den anderen in den Untersuchungsraum.

»Wie heißen Sie?«, erkundigt Jared sich in einem freundlichen Tonfall bei der jungen Frau.

»Eloise Potter«, antwortet sie. Behutsam stellt sie den Hund auf dem Untersuchungstisch ab und streicht ihm danach beruhigend über den Kopf.

»Und ich bin Max«, fügt ihr Begleiter hinzu.

Ich sehe ihn mir näher an und runzle die Stirn. Er kommt mir irgendwie bekannt vor, aber so ganz kann ich ihn nicht zuordnen.

»Stammen Sie aus Snowflakes?«, wende ich mich an ihn.

Er sieht zu mir und grinst von einem Ohr zum anderen. »Catherine, du hast keine Ahnung, wer ich bin, oder? Hey, ich bin es: Maximilian Snow.«

Verwundert mustere ich ihn. *ER* ist Max Snow? Der kleine Junge, auf den ich manchmal aufgepasst habe, um mein Taschengeld aufzubessern? Wow, er ist ja richtig erwachsen geworden.

»Max?«, frage ich verblüfft. »Entschuldige, ich habe dich nicht erkannt.«

Jared und Eloise schauen einen Moment in unsere Richtung, konzentrieren sich dann aber wieder auf den verletzten Hund. Ich ziehe Max ein Stück zur Seite, um die Untersuchung nicht zu stören.

»Wie geht es dir?«, erkundige ich mich.

»Gut.« Sein Blick wandert kurz zu der jungen Frau. »Wirklich gut. Und dir? Seit wann bist du zurück in Snowflakes?«

Ich winke ab. »Ist nur vorübergehend. Da mein Apartment in Colorado Springs gerade nicht bewohnbar ist, bin ich für ein paar Tage bei Annie untergekommen.«

Die Unfälle sowie das ganze Drumherum von Annies und meinem Krankenhausaufenthalt verschweige ich. Das sind keine Themen, die ich näher erläutern möchte.

»Wie schön. Vielleicht laufen wir uns bei den ›Twelve Days of Christmas‹ noch mal über den Weg.« Er stupst mich an der Schulter an. »Dann kannst du mir ein Eis kaufen, so wie früher.«

»Mit dem du dich auf meinem Schoß sitzend vollkleckerst?«, füge ich grinsend hinzu.

Die Mundwinkel von Max verziehen sich ebenfalls. Aber nur kurz, ehe er seine Aufmerksamkeit erneut auf die junge Frau richtet. Die scheint das zu spüren, denn sie dreht den Kopf in seine Richtung, lächelt schüchtern, wendet den Blick jedoch schnell wieder ab.

Unwillkürlich frage ich mich, was da zwischen den beiden läuft. Ein Paar scheinen sie nicht zu sein und doch knistert es, wenn sie sich ansehen. Interessant, der kleine Max Snow ist erwachsen geworden und findet Mädchen offenbar nicht mehr doof.

Wie auf Kommando wirft er mir einen entschuldigenden Blick zu. Dann nähert er sich dem Untersuchungstisch wieder, stellt sich neben Eloise und flüstert ihr etwas zu, das ich nicht verstehe. Sie nickt, schaut ihn kurz dankbar an und atmet danach tief durch.

Wenige Minuten später stellt Jared den Hund vorsichtig auf den Boden. Die Pfote ist verbunden und mit einer Art Gummischuh überzogen. Rocky tappst unsicher ein paar Schritte vorwärts, scheint aber keine Schmerzen zu haben. Er schnüffelt an dem Verband, dann schaut er zu Eloise auf. Die geht sofort in die

Hocke und streicht ihm über den Kopf. Nachdem sie sich wieder erhoben hat, sieht sie Jared an.

»Danke, Doktor Greene«, sagt sie. »Was bin ich Ihnen schuldig?«

Jared lächelt. »Sie müssen nicht sofort bezahlen. Wir schicken Ihnen eine Rechnung. Oder soll die direkt an Helen gehen?«

Die Augen von Eloise weiten sich. »Nein, auf keinen Fall. Ich bezahle das.«

Max schüttelt den Kopf. »Warum? Es ist der Hund von Helen Smith, den du nur ausgeführt hast. Es war nicht deine Schuld, dass Rocky in die Scherbe getreten ist.«

»Doch, das war es«, gibt sie leise zurück.

»Die Entscheidung eilt nicht«, unterbricht Jared die beiden. »Sprechen Sie sich in Ruhe mit Helen ab und dann teilen Sie uns einfach mit, an wen die Rechnung gehen soll.«

Eine Lösung, die für beide akzeptabel ist, denn sie nicken und verabschieden sich. Ich sehe ihnen nach, beobachte, wie Max Eloise die Tür aufhält. Wow, er ist nicht nur erwachsen, sondern ein richtiger Gentleman geworden.

»Du kennst ihn?«, fragt Jared.

»Ja, von früher. Ich war noch ein Teenager, als ich manchmal auf ihn aufgepasst habe. Da war er so etwa fünf oder sechs Jahre alt. Deswegen habe ich ihn auch nicht gleich erkannt.«

Auf meinem Gesicht breitet sich ein Grinsen aus. »Dafür wusstest du aber gleich, wer der Hund ist und zu wem er gehört.«

Er lacht. »Stimmt, ein Tiergesicht vergesse ich nie.«

Wir werden von einem Klopfen an der Tür unterbrochen. Marjorie Button steckt den Kopf ins Zimmer. Ihr Haar ist inzwischen von grauen Strähnen durchzogen, das Gesicht ist faltiger geworden, aber ihr Lächeln ist noch genauso herzlich wie früher.

»Wollen Sie gleich mit der Sprechstunde weitermachen? Ihr erster Patient ist nämlich schon da.«

Jared schaut zur Wanduhr, ich folge seinem Blick. Bis zum offiziellen Start seiner Sprechstunde sind es nur noch zehn Minuten.

»Willst du wirklich zu Annies Haus laufen?«, fragt Jared an mich gewandt. »Ich kann dir auch ein Taxi rufen lassen. Dich selber zu fahren, schaffe ich leider nicht mehr.«

»Konzentrier du dich auf deine Patienten. Ich komme klar. Nach der Rumsitzerei im Krankenhaus bin ich über ein bisschen Bewegung ganz froh.«

Er nickt und sieht zu Marjorie. »Okay, dann starte ich sofort.«

Kapitel 14

Am späten Nachmittag ruft Jared mich an, um zu fragen, ob ich auch ohne ihn die Tierfütterung hinbekomme.

»Ich muss noch eine Notoperation vornehmen«, erklärt er.

Da ich vorhin mit den Hunden auf der Wiese herumgetollt und viele Bälle geworfen habe, müssten die Racker ausgepowert sein.

»Ja klar«, antworte ich daher voller Zuversicht. »Kümmere du dich um deinen Patienten, ich schaffe das Füttern alleine.«

»Falls du wider Erwarten doch Unterstützung brauchst, kannst du anrufen und eine Nachricht hinterlassen. Ich komme dann zu dir, sobald ich hier fertig bin.«

Nachdem ich mich bedankt und das Gespräch beendet habe, atme ich tief durch.

Okay, auf in den Kampf.

Zum ersten Mal betrete ich den Bereich alleine. Sammy empfängt mich bereits an der Tür. Ich nehme ihn auf den Arm und kraule ihn hinter den Ohren, während ich gleichzeitig den Raum scanne. Es sind tatsächlich alle da. Selbst Kitty, die sehr viel draußen umherstrolcht. Ihre innere Uhr hat sie rechtzeitig zurückgeführt.

Wie immer bereite ich erst alles vor, ehe ich mit dem Hinaustragen der Futternäpfe beginne. Spike empfängt mich wie gewohnt mit mehreren Drehungen, macht sich aber über das Futter her, kaum dass ich die Schüssel abgestellt habe. Muju hingegen hat nur einen müden Blick für mich übrig. Das läuft ja bestens.

Wieder einmal bin ich auf mich selber stolz, als ich nach getaner Arbeit die Tür des Anbaus schließe und in die Küche gehe. Nun, da die Tiere versorgt sind, wartet noch ein anderer Magen auf Befüllung. Zum Glück ist ein Rest vom Gemüseeintopf da, den ich zusammen mit getoastetem Brot verspeise. Danach lehne ich mich auf dem Stuhl zurück und überlege, wie ich den Abend gestalte.

Mein Blick fällt auf den Flyer der Twelve days of Christmas. Heute findet das Mistelzweigtreffen im Gemeindehaus statt. Eine Veranstaltung, zu der Annie mich unbedingt schleppen wollte, damit ich ein paar alte Bekannte wiedersehe.

Hm, steht mir der Sinn danach? Ich bin mir nicht sicher. Daher überlege ich, wie die Alternative aussehen könnte. Ganz klar, ich würde auf dem Sofa sitzen und womöglich nur über Annies Zustand grübeln. Keine rosigen Aussichten. Entschlossen springe ich auf. Es kann nicht schaden, zumindest mal zu schauen, wer alles im Gemeindehaus ist.

Eine knappe halbe Stunde später erreiche ich den Parkplatz vor dem Gemeindehaus. Meine Schritte verlangsamen sich. Mit einem Mal bin ich mir doch nicht mehr so sicher, dass es eine gute Idee ist, zum Mistelzweigtreffen zu gehen. Vor allem alleine. Okay, die Veranstaltung wird in Insiderkreisen nur Kuppeltee genannt, also genau das, was ein Single wie ich braucht, aber trotzdem … Will ich mich der mitleidigen Blicke aussetzen, wenn ich alleine durch die Tür trete? Schließlich bin ich nicht nach Snowflakes zurückgekehrt um anzubändeln.

Ich will schon wieder umkehren, als mir Annies Worte in den Sinn kommen.

›Was in Snowflakes passiert, bleibt in Snowflakes.‹

Hm, sollte ich vielleicht doch? Nur ganz kurz? Ein oder zwei Küsse?

Nein!

Ich drehe mich mit Schwung um und pralle gegen

etwas. Oh nein, nicht etwas, sondern schon wieder gegen jemanden. Beherzt umfasst dieser Jemand meine Oberarme und hält mich.

»Hoppla!«, ruft er aus.

Moment mal, die Stimme kenne ich doch. Langsam hebe ich den Kopf, erhasche dabei einen Blick auf den gepflegten Vollbart, die geschwungenen Lippen, die gerade Nase bis hin zu der kleinen Narbe über der rechten Augenbraue, die zum Teil von der Haarsträhne, die wie immer ungestüm in die Stirn fällt, verdeckt wird.

»Dr. Sharpe«, sage ich verwundert. »Was machen Sie denn hier?«

»Nun«, er blickt an mir herunter, dann hebt er seinen Blick wieder in meinen, »momentan verhindere ich offenbar gerade, dass eine meiner Patientinnen in den Schnee stürzt.« Ein amüsierter Zug spielt um seine Mundwinkel. »Und was machen Sie hier? Gehen Sie zum Mistelzweigtreffen oder verlassen Sie es bereits wieder? Letzteres doch hoffentlich nicht, weil Ihnen jemand zu nahe getreten ist?«

»Äh … nein.«

»Nein, was? Sie kommen nicht, Sie gehen nicht, Sie flüchten nicht?« Breit grinsend wartet er auf meine Antwort.

HEY, AMÜSIERT DER SICH GERADE AUF MEINE KOSTEN?

Urplötzlich wird sein Ausdruck ernst. Es scheint fast, als hätte er meine Gedanken gelesen.

»Ist alles in Ordnung, Ms. Oatman? Ist Ihnen schwindelig oder pocht der Kopf?« Er legt die Hände um mein Gesicht und sieht mich voller Besorgnis an.

»Nein, mir geht es gut. Ich war nur unschlüssig, ob ich dort«, dabei weise ich auf das Gemeindehaus, »hineingehen oder doch lieber wieder nach Hause gehen soll.«

»Sie waren also noch nicht bei dem Treffen?«, hakt er nach und löst die Hände von meinem Kopf.

Ich verneine und senke den Blick. Was er sofort rückgängig macht, indem er einen Finger unter mein Kinn legt und den Kopf wieder anhebt.

»Gönnen Sie sich etwas Abwechslung. Das wird Ihnen guttun.«

Ja? Zweifelnd sehe ich ihn an.

»Feiern, während Annie im Koma liegt«, sage ich leise. »Das kommt mir wie Verrat vor.«

Dr. Sharpes Züge verhärten sich für einen Moment. Dann seufzt er und reibt sich den Nacken.

»Annie hat viele Freunde. Glauben Sie, dass die nun alle zu Hause rumsitzen? Würde sie das wollen? Hilft ihr das?«

Stimmt, darüber habe ich noch gar nicht nachgedacht. Ich schüttle den Kopf, lächle zaghaft, was auch die Miene des Arztes wieder milder werden lässt.

»Sehen Sie, und genau deshalb gehen wir da jetzt rein. Kommen Sie, ich gebe Ihnen einen Punsch aus.« Ohne eine Antwort abzuwarten, umfasst er meine Hand und zieht mich mit sich.

Das ist der Anstoß, den ich gebraucht habe. Ich kann gar nicht anders, als die Zweifel beiseitezuschieben und mich von Dr. Sharpes Elan anstecken zu lassen. Annie hat sicher nichts dagegen einzuwenden, wenn ich mir ein oder zwei Getränke und ein paar nette Gespräche gönne. Da hat ihr Arzt vollkommen recht.

Wir stapfen gemeinsam den restlichen Weg bis zur Tür durch den Schnee, klopfen diesen vor dem Eingang von den Schuhen und betreten dann den festlich geschmückten Raum. Ein Duft von Nadelbäumen, Harz und der typische Geruch nach Punsch schlägt uns entgegen. Der Schein zahlreicher warmweißer LED-Lichter sorgt für genug, aber keine aufdringliche Helligkeit. Tannenzweige, verziert mit roten Schleifen sowie silbernen und goldenen Kugeln, wechseln sich mit Mistelzweigen ab. Aus den Boxen dringt Musik, die ein wenig im Stimmengewirr der Anwesenden untergeht.

Nachdem wir unsere Jacken an der Garderobe abgegeben haben, lasse ich den Blick schweifen, um zu schauen, ob ich Bekannte finde. Als ich am anderen Ende des Raumes angekommen bin, stutze ich. Dort steht jemand, den ich hier nicht erwartet habe. Er hat ein Glas Punsch in der Hand und den Arm um die Schultern einer kurvigen Blondine gelegt. Als sie sich an ihn schmiegt und ihm etwas ins Ohr flüstert, lacht er laut auf.

Was zum Teufel soll das? Warum ist er hier und amüsiert sich so offensichtlich und vor allem mit einer anderen Frau? Wut steigt in mir auf.

NA, DEM WERDE ICH WAS ERZÄHLEN.

Entschlossen gehe ich los, komme aber keine zwei Schritte weit, ehe jemand mein Handgelenk umfasst.

»Halt, stopp!« Irritiert sehe ich Dr. Sharpe an, der mich aufgehalten hat. »Das würde ich lassen«, fügt er hinzu.

Wie bitte? Er weiß doch gar nicht, was ich vorhabe.

»Warum?«, frage ich und funkle ihn an. Wenn ich Jared Greene den Kopf für sein unpassendes Verhalten zurechtrücken will, dann mache ich das auch. Bei dem Zwist zwischen den beiden wird ihm das mehr als recht sein.

Dr. Sharpe deutet zunächst auf die Mistelzweige, die über der Tanzfläche hängen, die ich gerade überqueren wollte, und danach auf zwei Pubertierende, die nur darauf warten, dass ich ihnen in die Arme laufe.

ACH DU SCHRECK!

Bah, ich kann die feuchten, schmatzigen Küsse direkt spüren, die sie unter einem der Mistelzweige von mir eingefordert hätten. Dankbar lächle ich meinen Retter an.

»Gehen wir besser hier entlang zum Ausschank«, schlägt er vor. »Möchten Sie einen Eierpunsch, einen Gewürzpunsch oder einen ganz normalen?«

Hm, das ist eigentlich nicht das, was ich vorhatte. Ich schiele zu Jared hinüber, der sich zu meiner Erleichterung einem anderen – dieses Mal männlichen – Gesprächspartner zugewandt hat. Der Arm liegt nicht mehr um die Schultern der Blondine und sein Gesichtsausdruck ist ernst. Es bildet sich sogar eine Furche über der Nase, während er seinem Gegenüber konzentriert zuhört. Hoffentlich bläst der ihm gerade den Marsch. Gut, das gibt mir Zeit, erst mal einen Punsch zu trinken und die Weihnachtsstimmung zu genießen.

»Ich nehme einen Eierpunsch«, antworte ich Dr. Sharpe.

Der nickt zufrieden, nimmt meine Hand und führt mich durch das Gedränge, vorbei an der Tanzfläche und jedem Mistelzweig zum Ausschank. Nachdem er die Bestellung aufgegeben hat, lehnt er sich gegen den Tresen und streicht die Strähne zurück, die ihm mal wieder in die Stirn fällt.

»Warum schneiden Sie das Haar nicht so, dass die Strähne gebändigt wird?«, platzt es aus mir heraus.

Dr. Sharpes Augen weiten sich.

»Gefällt Ihnen meine Frisur etwa nicht?« Er kreuzt die Hände vor der Brust und mimt eine tiefe Verletzung.

Lachend streiche ich ihm über den Oberarm. »Doch, doch, die steht Ihnen sehr gut. Ich dachte nur, dass die Strähne vielleicht nervt. Haben Sie es schon mal mit Gel versucht?«

»Nein, bisher nicht. Styling«, dabei malt er Gänsefüßchen in die Luft, »ist nicht so mein Ding. Wie wäre es, wenn Sie mir demonstrieren, wie Sie sich das Ergebnis vorstellen?««

Ich trete einen halben Schritt zurück und zeige voller Überraschung auf mich. »Sie wollen *MICH* an Ihre heilige Frisur lassen?«

Er reduziert den Abstand zwischen uns wieder, kommt sogar näher, als wir uns zuvor waren. Sein warmer Atem streicht über meine Wange, als er sich meinem Ohr nähert.

»Sie ahnen nicht, wo ich Sie noch alles heranlassen würde.«

Als er den Kopf wieder zurückzieht und mir tief in die Augen schaut, steigt mir die Röte auf die Wangen und mir wird warm – mehr als warm. Ein wohliger Schauer prickelt über meinen Körper.

Holla, was ist denn mit einem Mal in diesen Mann gefahren? Fällt das noch unter Flirten oder ist das schon mehr? So einen Vorstoß habe ich ihm gar nicht zugetraut.

Während ich verzweifelt nach einer Antwort suche, stellt die Bedienung zwei Gläser Punsch auf den Tresen. Sie sagt irgendetwas, das nicht bei mir ankommt. Wie gebannt klebe ich an Dr. Sharpes Blick. Der erst unterbrochen wird, als er seine Geldbörse hervorholt, einen Schein herausnimmt und ihn mit einem zuvorkommenden Lächeln an die junge Frau übergibt.

Dann nimmt er die Gläser, reicht mir eines davon. Es klirrt, als er seines gegen meines stößt und mir mit einem Zwinkern zuprostet.

»Auf einen entspannten Abend, Ms. Oatman. Oder darf ich Catherine sagen?«

Huch, das kommt unerwartet. Auf der anderen Seite, warum eigentlich nicht?

»Gerne«, antworte ich und nippe an dem Punsch.

Er schmeckt herrlich nach Vanille, Orange und einer Spur Zimt. Die sahnige Konsistenz zergeht auf der Zunge. Erst spät dringt der Geschmack des Alkohols durch. Genauso muss ein guter Eierpunsch gemischt sein.

»Mh«, schwärme ich nach dem ersten Schluck und fahre mir mit der Zunge über die Lippen.

»Gut?«, fragt Dr. Sharpe lächelnd.

Ich nicke.

»Wunderbar. Es freut mich, dass er dir schmeckt.« Er stößt ein zweites Mal mit seinem Glas gegen meines. »Ich heiße übrigens Neill.«

Neill. Gedanklich lasse ich den Namen auf der Zunge zergehen. Natürlich habe ich seinen Vornamen schon mitgekriegt, ihn aber bisher nicht so recht wahrgenommen. Er passt zu ihm und der frechen Haarsträhne, die er sich soeben mal wieder aus der Stirn streicht.

Hm, vielleicht sollte ich sein Angebot, diese mit Gel zu zähmen wirklich annehmen.

Zunächst einmal genieße ich jedoch die Feier. Neill und ich trinken unseren Punsch, unterhalten uns über Snowflakes und beobachten das Geschehen auf der Tanzfläche. Als die ersten Klänge von *Last Christmas* ertönen, stellt Neill unsere Punschgläser auf den Tresen und nimmt meine Hand.

»Komm, lass uns tanzen«, schlägt er vor.

Er will tanzen? Nach *DEM* Lied? Ernsthaft?

Verwundert, aber auch irgendwie erfreut, folge ich ihm. Er führt mich in die Mitte der Tanzfläche, legt die Arme an meine Taille, zieht mich zu sich heran und fängt an, sich langsam im Takt der Musik zu bewegen. Ich lege die Arme um seinen Hals, lasse es zu, dass er mich noch fester umarmt. Während des Refrains schließe ich die Augen und lehne den Kopf an seine Schulter. Wunderbar sanft wiegt Neill mich hin und her, dreht sich mit mir, streicht mir über den Rücken.

Als die letzten Takte verklingen, löse ich mich ein Stück von ihm und sehe ihn an. Die Haarsträhne hängt ihm bis zu den Wimpern. Mit glühendem Blick betrachtet er mich. Dann umspielt ein Lächeln seine Lippen.

»Mistelzweig!«, flüstert er mir mit einem Zwinkern zu.

Ich schaue nach oben und tatsächlich baumelt ein kleines, mit Schleifen versehenes Exemplar über unseren Köpfen von der Decke.

Dieser Schuft, hat er mich etwa beim Tanzen direkt darunter dirigiert?

»War das Absicht?«, frage ich grinsend.

Neill legt eine Hand in meinen Nacken und lacht. Ein raues, tiefes Lachen, das auf kribbelnde Weise in meinem Bauch widerhallt.

»Ist das wichtig?«, antwortet er leise. Langsam beugt er sich zu mir herunter, sieht mir dabei tief in die Augen.

Ich öffne den Mund ein wenig, fahre mir mit der Zungenspitze über die Lippen. Nein, es ist definitiv nicht mehr wichtig.

»Dachte ich mir«, sagt er, als ich ihn nur stumm anstarre.

Dann endlich senkt er die Lippen auf meine. Warm, weich und zärtlich berühren wir uns. Seine Zungenspitze schiebt sich vor. Ich lasse sie herein, schmecke Eierpunsch und die Süße des Kusses. Und doch ist es keiner von denen, die einem weiche Knie bescheren. Nicht ein Schmetterling erwacht und fängt an zu flattern. Obwohl ich die Zärtlichkeit erwidere, haut sie mich nicht um.

Warum zum Teufel kann ich mich nicht fallenlassen und einfach nur geniessen?

Nachdem Neill den Kuss beendet hat, suche ich in seinen Augen nach einem Indiz dafür, dass es ihm ebenso ergangen ist. Doch nichts dergleichen schlägt mir entgegen. Keine Verwunderung, keine Peinlichkeit – stattdessen ein zufriedener, zärtlicher Blick. Räuspernd trete ich einen Schritt zurück.

»Alles okay?«, fragt er irritiert.

»Ja, ja.« Ich versuche zu lächeln. »Gib mir nur einen Moment. Ich … äh … muss nur eben kurz verschwinden.«

Er runzelt die Stirn, aber ich achte nicht weiter darauf, sondern ergreife die Flucht.

Kapitel 15

Mit schnellen Schritten fliehe ich in Richtung Hinterausgang, während sich in meinem Kopf alles dreht. Verwirrung wechselt mit schlechtem Gewissen und dann wieder Scham ab.

Scham darüber, dass ich mich einfach so küssen lasse.

Schlechtes Gewissen, weil ich Neill danach ohne Erklärung stehengelassen habe.

Verwirrung, weil ich nicht verstehe, warum der Kuss, dieser sanfte, gut schmeckende Kuss, nichts in mir ausgelöst hat.

Kurz bevor ich den Durchgang zum hinteren Teil des Gemeindehauses erreiche, werfe ich einen schnellen Blick über die Schulter, um zu sehen, ob Neill mir folgt. Doch er steht noch immer dort, wo er mich geküsst hat. Um ihn herum tanzen die Leute, er hingegen rührt sich nicht von der Stelle. Tausend Fragen stehen in seinem Gesicht. Ich kann es ihm nicht verdenken, verstehe ich mein Verhalten ja gerade selber nicht. Schnell gehe ich weiter, um aus seinem Sichtfeld zu verschwinden.

»Catherine!«

Der durchdringende Tonfall hält mich für einen Moment auf. Ich blicke in die Richtung, aus der der Ruf gekommen ist. Jared kommt mit forschem Tempo auf mich zu.

Oh nein, das nicht auch noch.

Ich gehe weiter, aber bereits nach wenigen Schritten hat er mich eingeholt und hält mich am Handgelenk fest.

»Was sollte das?«, fragt er. Die Wut lässt seinen Tonfall regelrecht vibrieren.

Mist, er meint bestimmt den Kuss.

Trotz meines Schuldgefühls wirble ich herum und funkle ihn an. *IHN* hat das nun wirklich nicht zu tangieren.

»Lass mich in Ruhe!«, fauche ich.

»Vergiss es«, erwidert er und verstärkt den Griff. »Nicht, bevor du mir erklärt hast, warum du diesen aufgeblasenen Wichtigtuer küsst. Noch dazu hier, in aller Öffentlichkeit.«

»Das geht dich gar nichts an. Fass dich lieber an deine eigene Nase.«

Jareds Brauen schnellen nach oben. »Wie bitte?«

»Du hast dich auch prächtig mit dem Blondchen amüsiert, das gar nicht dicht genug an dich heranrücken konnte.«

»Meinst du etwa Cheryl? Das ist eine der Sprechstundenhilfen der Praxis und zwischen uns läuft rein gar nichts.«

Wer's glaubt, wird selig.

»Na klar«, gebe ich mit einem Schnauben von mir.

Er ballt die freie Hand zur Faust. Seine Kiefermuskeln arbeiten, die Ader am Hals sticht deutlich hervor und ich glaube fast, das aufgeregte Pochen darin zu spüren.

»Wenn ich nur daran denke, dass *ER* – ausgerechnet *ER* – dir seine Zunge in den Hals gesteckt hat …«

Warum zum Teufel tangiert ihn das so?

Dieser Streit zwischen den beiden nervt mich nur noch. Gereizt zerre ich an seinem Arm, versuche mich zu befreien. Er lockert den Griff jedoch erst, als ich ihn regelrecht mit meinem Blick erdolche.

»Herrgott, es war doch nur ein Kuss«, erwidere ich. »Einer ohne Bedeutung.«

»Ohne Bedeutung?«, wiederholt er fassungslos.

»*JA*«, bestätige ich, »er war nett, aber mehr auch nicht.«

Wieso verteidige ich mich eigentlich? Das Ganze geht ihn als Allerletzten etwas an.

Kopfschüttelnd über mich selbst presse ich die Lippen aufeinander.

Jared hingegen scheint meine Aussage zu beruhigen. Seine Faust öffnet sich und er atmet hörbar durch.

»Es war trotzdem falsch«, sagt er.

Ich stemme die Hände in die Hüften. »Und dich geht es auch weiterhin nichts an. Schleich dich zurück zu deiner Blondine und lass mich den Abend so verbringen, wie ich das will.«

»Das ist das Letzte, was ich jetzt tun möchte.«

»Ach ja, und wonach steht dir der Sinn?«, frage ich angriffslustig.

Völlig unerwartet packt er mich, zieht mich zu sich heran, legt seine Arme um meinen Oberkörper und presst mich so fest an sich, dass ich vor Überraschung aufkeuche. Ich spüre die Wärme seiner Haut, das Pochen seines Herzens unter den definierten Brustmuskeln, die erhöhte Atemfrequenz. Überrascht nehme ich den Kopf zurück und sehe ihn an. Begierde lodert in seinem Blick. Mir stockt der Atem und ich öffne die Lippen ein Stück.

Als wenn er nur darauf gewartet hätte, presst Jared seine Lippen auf meine. Unsere Zähne stoßen aneinander, seine Zunge schiebt sich in meine Mundhöhle und erkundet dort jeden Zentimeter. Ein Blitz jagt durch meinen Körper, weckt die Schmetterlinge und lässt sie alle in einem wilden Durcheinander aufsteigen. Ich schlinge die Arme um Jareds Hals, vergrabe meine Finger in seinem Haar, genieße das aufreizende Spiel seiner Zunge.

Bis, ja bis mir plötzlich bewusst wird, was wir tun. Entsetzt stoße ich ihn von mir weg, sauge scharf die Luft ein.

»Bist du verrückt geworden?«, fauche ich ihn an.

Er sieht mich perplex an. Ich trete einen Schritt zurück.

DAS DARF DOCH ALLES NICHT WAHR SEIN!

»Cat, … ich …«

»Nenn mich gefälligst nicht Cat«, spucke ich ihm entgegen, wische mir dann angewidert über den Mund.

»Entschuldige bitte, Catherine. Ich … ich weiß auch nicht … was in mich gefahren ist.«

»Spar dir das.«

Wir stehen uns gegenüber, starren uns an. Mir wird schlecht, so richtig schlecht. Ich muss hier weg, ganz schnell.

»Lass mich in Ruhe«, schnauze ich ihn an. »Und geh mir aus dem Weg, ich brauche dringend frische Luft. *ALLEINE.*«

Er macht, ohne zu zögern, einen Schritt zur Seite.

Nach einem letzten bösen Blick, der ihm klarmachen soll, dass ich es mit dem alleine auch wirklich so meine, gehe ich an ihm vorbei. Entschlossen steuere ich den Notausgang an, stoße die Tür auf, trete ins Freie und atme tief durch. Die Tür fällt krachend hinter mir wieder ins Schloss.

Ich stolpere ein paar Schritte durch den Schnee, ehe ich mich an die Hauswand lehne und die Hände an die kalten Klinker presse. Aber ich merke die Kühle kaum, da die Hitze weiter durch meinen Körper rauscht. Hitze, die Jared entfacht hat. Einfach so, mit einem einzigen Kuss. Mein Herz trommelt wie wild und die Lippen brennen immer noch von der Leidenschaft, mit der sie sich an seinen gerieben haben.

Herrje, was habe ich da nur getan? Ich bin eine Verräterin. An meiner Freundin. Die im Krankenhaus liegt. Im Koma. Wehrlos. Ohne die Möglichkeit einzugreifen. Dabei hat sie mich gerettet, als ich Hilfe brauchte. Sofort. Ohne eine Gegenleistung zu fordern. Und zum Dank küsse ich ihren Freund. Nachdem ich mich keine fünf Minuten vorher von einem anderen habe küssen lassen.

Kurzum: Ich bin eine armselige Schlampe, ein gewissenloses Miststück.

OH ANNIE, ES TUT MIR SO LEID. DAS HAST DU WIRKLICH NICHT VERDIENT.

Als ich einen Schatten bemerke, zucke ich zusammen. Am Dachrand springt ein Strahler an, der vermutlich durch einen Bewegungsmelder gesteuert wird. Ich blinzle angesichts der plötzlichen Helligkeit. Als sich meine Augen daran gewöhnt haben und ich die Person erkenne, halte ich den Atem an. Oh nein, nicht er.

»Catherine, Gott sei Dank, ich habe mir schon Sorgen gemacht.« Neill kommt auf mich zu und runzelt die Stirn, als er vor mir steht. »Hör mal, das mit dem Kuss tut mir leid. Es war im Eifer des Gefechts. Eine spontane Idee. Der guten Stimmung wegen. Ich habe das nicht geplant.« Er stutzt, als ich zu ihm aufsehe. »Alles in Ordnung?«

»Nein, nicht wirklich«, erwidere ich leise. Als er mich daraufhin betrübt anschaut, füge ich schnell »aber es ist nicht wegen deines Kusses« hinzu.

Er atmet auf, blickt mir jedoch weiter besorgt entgegen.

»Ich habe Kopfschmerzen«, lüge ich, weil mir in der Eile nichts Besseres einfällt. Von Jareds Kuss, der mich völlig aus der Bahn geworfen hat, kann ich ihm kaum erzählen. Im Gegenteil: Ich muss froh sein, wenn er den nicht mitbekommen hat. Was offenbar so ist, ansonsten würde er wahrscheinlich nicht so ruhig vor mir stehen.

Neills Ausdruck ändert sich. Die Anspannung fällt von ihm ab und er wechselt innerhalb einer Sekunde in den Arztmodus. Seine Hände legen sich um meinen Kopf, drehen ihn sanft hin und her, während er mich dabei mustert. Ganz sanft massieren seine Daumen meine Schläfen.

»Ist dir auch schwindelig?«

Ich verneine.

Er umfasst mein Handgelenk, legt dabei Mittel- und Ringfinger so an, dass er meinen Puls fühlen kann.

»Jesus, dein Puls rast.«

JA, ABER ZUM GLÜCK HAST DU KEINE AHNUNG WARUM.

Noch einmal sieht er mir in die Augen. »Ist es ein pochender oder eher ein wellenartiger Schmerz.«

Seufzend umfasse ich seine Hände und versuche zu lächeln.

»Mach dir keine Sorgen. Es ist nicht allzu schlimm. Vermutlich kommt es nur von der stickigen Luft da drinnen.«

Neill zieht die Stirn in Falten. Kein Wunder, da es – mal abgesehen von dem herrlichen weihnachtlichen Duft – nichts an der Luftqualität im Gemeindehaus auszusetzen gibt.

»In den letzten Tagen ist einfach viel passiert. Erst bei mir und dann auch noch das mit Annie. Ich habe kaum Zeit zum Durchatmen. Dein Kuss … er kam so unerwartet und hat mich … überrascht …« Als er mich betrübt ansieht, lächle ich gequält. »Kann ich bitte erst mal über alles nachdenken? In Ruhe?«

Zu meiner Erleichterung nickt er.

»Ja sicher, das verstehe ich. Sorry, ich hätte dich nicht so überrumpeln dürfen. Kein Wunder, dass du nach all dem Mist der letzten Tage durcheinander bist. Soll ich dich nach Hause fahren?«

Ich schüttle den Kopf. »Nein, nicht nötig. Es ist ja nicht weit bis zu Annies Haus und die frische Luft wird mir guttun.«

Nachdem ich seine Hand gedrückt habe, lasse ich sie los. Ein Frösteln überfährt mich, als ein Windstoß um die Ecke fegt. Sofort legt Neill seine Hände an meine Arme und reibt ein paarmal darüber.

»Holen wir deine Jacke, bevor du dir noch eine Erkältung einfängst.«

Während Neill an der Garderobe ist, luge ich vom Vorraum aus in den Hauptraum. Mein Blick wandert über die Anwesenden und bleibt schließlich an *IHM* hängen. Jared steht mit einem Glas Punsch in der Hand an den Tresen gelehnt da. Obwohl er in ein Gespräch verwickelt ist, wandert sein Blick immer wieder zum Hinterausgang, durch den ich verschwunden bin. Ich sollte ihm Bescheid geben, damit er sich keine Sorgen macht. Aber mein Herz klopft weiterhin ein paar Takte zu schnell. Was ist, wenn ich erneut den Kopf verliere, sobald ich ihm näher komme? Nein, das darf nicht passieren. Unter gar keinen Umständen.

Nachdem ich in meine Jacke geschlüpft bin und

Neill mir den Schal um den Hals gebunden hat, nimmt er den Kopf ein Stück zurück und mustert mich noch einmal.

»Soll ich dich nicht doch lieber begleiten? Du siehst ziemlich durcheinander aus.«

»Das bin ich auch«, gebe ich zu.

Er seufzt und vergräbt die Hände in den Hosentaschen. »Wenn ich es rückgängig machen könnte, würde ich es sofort tun, Catherine.«

»Der Kuss alleine ist es ja nicht.«

ZUMINDEST NICHT DER VON DIR.

Ich zwinge mich zu einem zaghaften Lächeln, streiche dabei kurz über seinen Oberarm. Seine Muskeln sind extrem angespannt, daran ändert auch meine Berührung nichts.

»Hör auf, dir Vorwürfe zu machen«, bitte ich ihn.

DAS IST MEINE AUFGABE, NICHT DEINE.

»Ich komme klar und schaffe den kurzen Weg nach Hause. Wir sehen uns morgen im Krankenhaus, okay?«

Er nickt verhalten. Keine Spur von Entspannung. Ich seufze innerlich auf. Herrje, darüber kann ich mir jetzt nicht auch noch Gedanken machen. Es reicht, dass mir der andere Kerl und *DESSEN* Kuss im Kopf herumschwirren.

»Gute Nacht, Neill.«

»Gute Nacht, Catherine. Und es tut mir leid.«

Ich wende mich ab und verdrehe die Augen.

JA, ICH HABS KAPIERT.

Kapitel 16

Auf dem Weg zurück nach Hause begleiten mich Selbstvorwürfe und Scham.

Zuhause, pff, wenn Annie von meiner Schandtat erfährt, wird ihr Haus keine Bleibe mehr für mich sein. Himmel, hoffentlich ist meine Wohnung in Colorado Springs bald wieder bewohnbar. Ich muss am Montag unbedingt jemanden erreichen, der mir über den Stand der Dinge Auskunft geben kann.

Meine Gedanken wandern zurück zu dem Kuss und sogleich fangen meine Lippen an zu prickeln. Gott, ich habe wirklich jede Millisekunde von dieser atemberaubenden Zärtlichkeit genossen. Jareds fester Griff, sein vorwitziges und zugleich leidenschaftliches Zungenspiel, die Wärme seiner Haut, die Hitze, die er in mir entfacht hat, das Rauschen in den Ohren – alles ist so präsent und so verdammt erschreckend.

Mir treten die Tränen in die Augen. Wie konnte ich es nur so weit kommen lassen? Warum ausgerechnet *ER?* Wieso kann es nicht Neill oder ein anderer Kerl sein, der dieses Verlangen in mir schürt? Aber nein, ich muss mich just zu dem Mann hingezogen fühlen, der Annies Herz erobert hat. Meines wird mir schwer, ebenso wie meine Schritte. Das schlechte Gewissen zerrt an mir, stellt sich in den Weg, hebt mahnend den Finger, schüttelt enttäuscht über mein Vergehen den Kopf.

Als ich beim Haus ankomme, bin ich nur noch ein Häufchen Elend und froh darüber, dass mich in diesem Moment niemand sieht. Mit zitternden Händen schließe ich auf, gehe hinein, lasse die Haustür zufallen und lehne mich erschöpft dagegen. Langsam, Zentimeter für Zentimeter, rutsche ich nach unten, bis mein Hintern den Boden berührt. Ich ziehe die Knie an, schlinge die Arme um die Beine und halte die brennenden Tränen nicht mehr länger zurück.

Ein hohes Jaulen und das Kratzen an der Tür zum Anbau holen mich irgendwann aus meinem Weinkrampf. Mühsam komme ich auf die Beine, merke erst jetzt, dass ich noch in Jacke, Schal und Winterstiefeln stecke. Nachdem ich die Sachen abgelegt habe, öffne ich die Tür zum Tierbereich. Sammy zwängt sich durch den Spalt, sobald dieser groß genug ist. Mit fiependen Lauten umrundet er mich, sieht dabei aus traurigen Augen zu mir auf. Ich schniefe, wische mir einmal durchs Gesicht und nehme ihn danach auf den Arm.

»Na, mein Kleiner, fühlst du dich einsam?«

Jareds Erzählung, dass Annie Sammy und Kitty meistens mit in die Wohnung nimmt, weil vor allem der kleine Shih Tzu dann nicht so aufgedreht ist, kommt mir in den Sinn.

HERRGOTT, DIESER MANN BEHERRSCHT MEINE GEDANKEN WIRKLICH IN ALLEN BELANGEN.

Ich seufze auf und streichle Sammys Köpfchen. Bestimmt fehlt ihm die Nähe zu Annie. Ich sehe zu Kitty hinüber, aber die liegt eingerollt auf ihrem Kratzbaum.

»Okay, dann nur du«, flüstere ich dem braunen Bündel auf meinem Arm zu und schließe die Tür wieder.

Im Wohnzimmer mache ich es mir im Schneidersitz auf dem Sofa gemütlich. Sammy wedelt mit dem Schwanz, als ich ein Kissen auf meinen Schoß lege. Freudig klettert er darauf, dreht sich einmal in die Runde und lässt sich dann nieder. Sein Kopf liegt auf den Vorderpfoten und er schaut so zufrieden zu mir auf, dass mir ganz warm ums Herz wird. Ich kraule ihn sanft im Nacken, während meine Gedanken sich zurück zu Jared schleichen.

Seine Marzipankartoffelaugen haben mich vom

ersten Moment an fasziniert. Dann die vorsichtige Art, mit der er meine Schnittverletzung am Fuß versorgt hat. Die mir kaum mehr Probleme bereitet. Aber was ist dieser kleine Schnitt auch schon im Gegensatz zu dem, was Annie durchmachen muss. Und was ihr noch bevorsteht, wenn sie von dem Kuss erfährt. Hoffentlich regt sie das nicht zu sehr auf. Kurz ziehe ich in Erwägung, es ihr zu verschweigen, schüttle jedoch sofort den Kopf. Nein, das macht es am Ende nur schlimmer.

Mein Handy vibriert. Vorsichtig hole ich es aus meiner Hosentasche. Sammy spitzt die Ohren, bleibt aber liegen. Auf dem Display werden mir mehrere Anrufe in Abwesenheit und eine Nachricht angezeigt. Ich weiß sofort, von wem die Anrufe stammen. Mein Herz rumpelt, als ich sehe, dass Jared mich dreimal angerufen hat, während ich auf dem Nachhauseweg war. Die Nachricht im Messenger ist natürlich auch von ihm.

Wo bist Du? Ich mache mir Sorgen.

Seufzend tippe ich eine Antwort.

Zu Hause, um in Ruhe nachzudenken und alles zu verarbeiten.

Seine Antwort kommt schnell.

Lass uns drüber reden.

NEIN. Nicht mehr heute.

Eigentlich will ich gar nicht darüber sprechen, sondern das Ganze am liebsten aus meinem Gedächtnis streichen. Nein, regelrecht herausreißen, verbrennen und die Asche im Meer versenken. Aber tief in meinem Herzen weiß ich, dass Jared nicht lockerlassen wird, wenn ich ihm das mitteile. Deswegen versuche ich, ihn auf einen anderen Tag zu vertrösten. Auf morgen, nächste Woche, oder in zehn Jahren. Ich nage an der Unterlippe, während ich darauf warte, dass er die Nachricht liest. Es dauert nicht lange und er ist online. Mit angehaltenem Atem beobachte ich, ob er anfängt zu tippen. Doch das passiert nicht. Ein paar Sekunden später ist er wieder aus dem Messenger raus. Auf der einen Seite bin ich erleichtert darüber, kann aber nicht verhehlen, dass ich andererseits auch ein wenig enttäuscht bin.

ICH BIN ECHT TOTAL VERKORKST.

Die Tränen bahnen sich erneut unaufhaltsam ihren Weg in die Freiheit. Ich lehne mich zurück, lasse sie laufen und warte auf das Loch, in das ich versinken kann.

Jareds Hände liegen auf meinen Hüften, sein heißer

Atem streicht über meinen Hals, auf den er hier und da sanfte Küsse haucht. Mhhh, sie fühlen sich an wie kleine Anstupser. Seine Zunge fährt vom Kinn hinauf zu den Lippen und schleckt an meinem Mundwinkel. Begierig und … feucht.

Ich schrecke aus dem Schlaf hoch, reiße die Augen auf. Vor mir sitzt Sammy. Nachdem er einmal kurz gebellt hat, schnüffelt er an meinen Lippen und sabbert im nächsten Moment mit der Zunge darüber.

Bah!

»Iiiih, Sammy, lass das«, rufe ich entsetzt aus und schiebe ihn beiseite.

Als ich mich aufsetze, springt er sofort auf meinen Schoß und reibt seinen Kopf an meinem Bauch, während ich versuche, mich zu orientieren. Warum bin ich im Wohnzimmer?

Die letzte Sequenz meines Traumes wabert noch in meinem Hirn herum. Schlagartig ist die Erinnerung an meine Schandtat wieder präsent und treibt mir die Schamesröte ins Gesicht. Über all die vergossenen Tränen muss ich irgendwann eingeschlafen sein und mich dann im Laufe der Nacht auf die Seite gerollt haben. Vorsichtig hebe ich Sammy hoch und mustere ihn.

»Ist mit dir alles in Ordnung?«, frage ich ihn, woraufhin er bellt.

Okay, bestens. Er hat es wohl rechtzeitig von mir

herunter geschafft. Schlimm genug, dass ich Annie verletzt habe, bei einem ihrer Tiere muss das nicht auch noch sein.

Es ist erst sechs Uhr. Zu früh um aufzustehen. An Schlaf ist auf der anderen Seite auch nicht mehr zu denken. Viel zu sehr dreht sich bereits wieder das Hamsterrad der Gedanken. Verdammte Axt, ich muss mich von diesem Kuss ablenken.

Also gehe ich duschen, koche mir einen superstarken Kaffee, in dem der Löffel stehen bleibt, und würge ihn hinunter.

Wie es Annie wohl geht? Ob sie eine gute Nacht hatte? Hoffentlich holt man sie heute wie geplant aus dem Koma. Auch wenn mich bei dem Gedanken daran, wie sie auf den Kuss reagieren wird, ein schlechtes Gefühl plagt. Trotzdem wünsche ich mir nichts sehnlicher, als sie wieder bei Bewusstsein zu sehen.

Beim Versorgen der Tiere denke ich nur an sie. Wie in Trance erledige ich alles. Selbst Spikes Drehungen nerven mich nicht. Muju knurrt mich an, als ich ihm – oder wahrscheinlich eher Chippi, der auf seinem Rücken liegt – zu nahe komme. Ich ignoriere es genauso wie Kittys empörtes Mauzen und um mich Herumlaufen, weil ich Bonnie und Clyde zuerst das Futter hinstelle. Ich nehme das alles nur wie durch einen Nebel wahr, will Kitty ebenso wie den anderen Katzen sogar über den Kopf streichen, nachdem auch sie endlich ihren Napf vor sich stehen hat. Nur ihr lautes Fauchen hält mich im letzten Moment davon ab und bewahrt mich vor einem weiteren blutigen Kratzer.

»Weißt du was«, sage ich zu ihr. »Verdient hätte ich es.«

Als Antwort dreht sie mir ihr Hinterteil zu, während sie sich über ihr Futter hermacht.

Ignoranz ist auch eine Strafe. Ich nehme sie mit einem Schulterzucken hin und gehe ins Wohnzimmer zurück.

Im Sessel sitzend schaue ich aus dem Fenster. Hinter den Bergen geht so langsam die Sonne auf. Die schneebedeckten Gipfel werden bereits in oranges Licht getaucht.

Normalerweise würde ich den Anblick genießen, wie sich der Feuerball langsam über die Bergspitzen schiebt und das Tal nach und nach erhellt. Doch heute dient er nur dazu, mir die Zeit zu vertreiben, bis es spät genug ist, um im Krankenhaus anzurufen und nach Annies Zustand zu fragen. Apropos anrufen: Ich greife nach meinem Handy, um zu checken, ob Nachrichten eingegangen sind. Und tatsächlich, der Messenger zeigt mir einige neue an. Sowohl Neill als auch Jared erkundigen sich, wie es mir geht.

Nicht gut, Männer, was glaubt ihr denn?

Ich antworte beiden mit einem knappen »Alles okay«. Noch eine Lüge, das ist mir klar. Aber darauf kommt es jetzt auch nicht mehr an.

Es dauert nicht lange, bis mir der Eingang einer weiteren Nachricht angezeigt wird. Sie ist *NUR* von Neill, wie ich mit Enttäuschung feststelle.

Davon überzeuge ich mich, wenn Du herkommst.
Annies Aufwachen wird soeben eingeleitet.

WAS? Und das sagt er mir erst jetzt?

Hektisch springe ich auf, greife nach meinem Handy, stürme in den Flur. Gerade als ich in die Winterschuhe geschlüpft bin, geht die nächste Nachricht ein.

Keine Hektik, lass Dir Zeit.
Ich rechne frühestens in einer Stunde mit ihrem Erwachen.

Na, der hat gut reden. Hätte er früher Bescheid gegeben, säße ich jetzt an ihrem Bett und würde weniger Panik schieben. Grummelnd ziehe ich meine Jacke an und mache mich auf den Weg zu Annies Sportvan.

Als ich im Krankenhaus aus dem Fahrstuhl steige, kommt Neill gerade aus einem der Krankenzimmer. Mit schnellen Schritten gehe ich auf ihn zu. Er blickt auf, kurz bevor ich ihn erreiche.

»Oh, gut, dass du da bist«, empfängt er mich.

»Ist sie schon wach?«, frage ich aufgeregt.

Er schüttelt den Kopf. »Nein. Wie gesagt, es dauert etwas, bis die Wirkung einsetzt. Und ich weiß, wie wir die Zeit bis dahin überbrücken.«

WAS?

Ungläubig starre ich ihn an, was seine Mundwinkel zum Zucken bringt.

»Nicht, was du jetzt vielleicht denkst«, amüsiert er sich. »Komm trotzdem mal mit.« Er greift nach meiner Hand und führt mich in einen der Untersuchungsräume. Dort weist er auf die Liege. »Setz dich.«

»Warum?«

Er sieht mich mit einem strengen Blick an.

»Weil es dir gestern Abend nicht gut ging. Weil ich dein behandelnder Arzt bin. Weil ich mir Sorgen um dich mache. Brauchst du noch mehr Gründe?«

Ich lege den Kopf schief und sehe ihn spitzbübisch an. »Hast du denn weitere?«

Neill kommt näher und legt die Hände um mein Gesicht.

»Unzählige«, flüstert er mir zu, ehe er mich sanft auf die Stirn küsst.

Ich bin wirklich froh, dass er nicht versucht hat, sich einen Kuss von meinen Lippen zu stehlen. Denn obwohl ich ihn auf keinen Fall verletzen will, weiß ich in diesem Moment nicht, ob ich ihn hätte gewähren lassen.

Statt eines Kussversuchs lehnt er seine Stirn an meine und sieht mir tief in die Augen. »Darf ich dich untersuchen? Bitte.«

»Nur, wenn ich danach direkt zu Annie darf.«

»Deal.« Er zwinkert mir zu, dann wechselt er in den Arztmodus und die Untersuchung beginnt.

Ein paar Minuten später legt Neill das Tablet beiseite, auf dem er Werte und Notizen eingetragen hat.

»Sind Sie zufrieden, Doc?«, frage ich grinsend, als er mich mit unergründlicher Miene ansieht.

»Deine Werte sind angesichts des Chemikalienkontakts und des Trubels hier in Snowflakes ganz okay. Trotzdem solltest du solche plötzlichen Kopfschmerzen wie gestern nicht auf die leichte Schulter nehmen.«

Ich seufze. Mist, er macht sich deswegen echt ziemliche Sorgen. Von denen würde ich ihn gerne befreien, aber dann müsste ich ihm erzählen, warum ich wirklich vom Mistelzweigtreffen geflohen bin. Doch das geht nicht. Schon schlimm genug, dass es überhaupt zu dem Kuss mit Jared gekommen ist. Davon erfahren darf außer Annie erst mal niemand.

»Es war einfach ein langer Tag«, versuche ich mich herauszureden. Mit einer Lüge – schon wieder. Einmal damit angefangen, kommt man nicht mehr ohne aus. Verdammt.

»Hm.« Er betrachtet mich kritisch.

Mich überläuft bei seinem Blick das merkwürdige Gefühl, dass er meine Lüge durchschaut. Weiß er, dass ich etwas vor ihm verheimliche? Ist er so ein guter Menschenkenner? Als Arzt ist ihm bestimmt schon einiges untergekommen, sodass er Wahrheit von Lüge unterscheiden kann.

»Ja, es ist wohl momentan wirklich alles etwas viel«, sagt er mitfühlend und drückt meine Hand.

Ein Gebirge rumpelt von meinem Herzen. Puh, Glück gehabt. Er hat die Kröte geschluckt. Voller Elan springe ich von der Liege.

»Dann gehe ich jetzt zu Annie.«

Kapitel 17

Neill begleitet mich zu Annies Zimmer. Wie immer öffne ich so leise wie möglich die Tür und schleiche mich zu ihrem Bett. Ihr langes blondes Haar ist frisch gebürstet und liegt ordentlich auf dem Kopfkissen. Ich muss lächeln, da meine Freundin wie ein Engel aussieht. Ein schlafender Engel, den nichts betrüben kann.

»Hey«, begrüße ich Annie. »Den Tieren geht es gut. Wir warten alle nur darauf, dass du aufwachst.«

»Es wird sicher nicht mehr lange dauern«, versichert Neill mir. Er schiebt mir einen Stuhl ans Bett und lächelt mich aufmunternd an. »Sprich ruhig weiter mit ihr, das wird ihr helfen zurückzufinden.«

»Okay«, antworte ich mit einem dankbaren Lächeln. Ich setze mich und fange an, von Sammy und den anderen zu erzählen. Lieber ein unverfängliches

Thema anreißen, bevor ich noch ausplaudere, dass ich beim Mistelzweigtreffen war und was ich dort veranstaltet habe.

Als ich mich wenig später nach Neill umdrehe, ist er nicht mehr da. Stattdessen steht Jared im Türrahmen und beobachtet mich. Ich zucke unwillkürlich zusammen.

»Entschuldige, ich wollte dich nicht erschrecken«, sagt er leise.

»Wie lange stehst du schon da?«

Er zuckt mit den Schultern. »Vielleicht ein oder zwei Minuten.« Unschlüssig sieht er zwischen mir und Annie hin und her. »Darf ich mich dazusetzen?«

»Klar, sie ist ja schließlich nicht nur meine Freundin.«

Jared runzelt kurz die Stirn, zieht sich dann jedoch kommentarlos einen Stuhl ans Bett und setzt sich. Nachdem er Annie etwas zur Begrüßung zugeflüstert hat, richtet er die Aufmerksamkeit wieder auf mich.

»Ich dachte, wir wären auch befreundet«, sagt er.

Na, da besteht aber ein gewaltiger Unterschied, mein Lieber. Trotz des Kusses.

»Ist das so?«, murmle ich verlegen. »Doch irgendwie ist es anders als bei Annie, oder?«

Über Jareds Nasenwurzel bildet sich ein V, das sich tiefer und tiefer gräbt, je länger er mich betrachtet. So intensiv, dass ich es schließlich nicht mehr aushalte und seinem Blick ausweiche. Kann er nicht mal hier – am Bett seiner Freundin – mit den irritierenden Blicken aufhören?

In meinem Kopf schwirren die Gedanken wild durcheinander und mir wird abwechselnd heiß und kalt. Puh, ich glaube, es ist besser, wenn ich mir ein kühles Getränk hole oder mich am besten gleich draußen in die nächstbeste Schneewehe schmeiße.

Annies leises Stöhnen lenkt mich jedoch davon ab, das Vorhaben in die Tat umzusetzen. Ich sehe zu ihr und spüre im selben Moment, wie sie ihre Finger bewegt, die ich mit meiner Hand sanft umschlossen habe. Ihre Lider flattern, dann öffnet sie die Augen gänzlich, sieht sich schwerfällig um.

Bevor ich etwas sagen kann, beugt Jared sich ihr entgegen und flüstert ihr zu, dass alles in Ordnung ist.

»Catherine ist auch hier«, fügt er mit einem kurzen Blick in meine Richtung hinzu.

»Wo bin ich?«, fragt Annie mit matter Stimme.

»Im Krankenhaus«, erkläre ich.

»Kran … ken … haus?«, wiederholt sie stockend. Danach schließen sich ihre Augen wieder.

Ich halte den Atem an. Jared hingegen ist nicht so erstarrt wie ich. Er drückt den Rufknopf und streicht Annie über die Wange.

»Ja, ruh dich noch ein wenig aus. Wir sind hier, wenn du wieder aufwachst.«

Es dauert nicht lange, bis eine Schwester gefolgt von Neill den Raum betritt. Als Jared sie informiert, dass Annie kurz wach war, nickt Neill ihm zu und fängt an, die Werte auf den Monitoren zu kontrollieren. Da öffnen sich ein weiteres Mal die Augen meiner Freundin.

»Nei…eill«, stammelt sie, als er sich über sie beugt.

»Ja, ich bin hier«, antwortet er lächelnd. »Schön, dass du mich erkennst. Hast du Schmerzen?«

Sie bewegt kaum merklich den Kopf hin und her, blinzelt dabei. Offenbar hat sie weiterhin Probleme, die Augen offen zu behalten.

Neill blickt zu mir. »Geht bitte einen Moment hinaus, damit ich sie in Ruhe untersuchen kann.«

Ich nicke und tausche einen Blick mit Jared. Synchron stehen wir auf, schauen noch einmal zu Annie und verlassen dann ihr Krankenzimmer.

Auf dem Flur atme ich tief durch. Jared deutet auf die Stuhlreihe auf der anderen Seite.

»Wollen wir uns setzen?«

Ich folge der Aufforderung, nehme auf einem der mittleren Stühle Platz. Jared nimmt den neben mir. Unsere Knie berühren sich fast. Als ich es bemerke, rücke ich meinen Sitz zurecht, bringe etwas mehr Abstand zwischen uns. Zumindest so weit wie es zwei nebeneinanderstehende Stühle zulassen.

»Wie geht es dir?«, fragt er.

Stirnrunzelnd sehe ich ihn an. Er will wissen, wie es *MIR* geht? Ist das sein Ernst? Seine Freundin ist gerade aus dem künstlichen Koma erwacht und er fragt nach *MEINEM* Befinden?

»Annie ist aufgewacht, das macht mich glücklich.« Ein vages Lächeln schließt sich meinen Worten an.

»Aber?«, hakt er nach.

WOHER WEISS ER, DASS ES DA EIN ABER GIBT?

Seufzend sehe ich ihn an. »Es sah so schwierig für sie aus, bei Bewusstsein zu bleiben. Hoffentlich gibt es keine Schäden.«

Bei Jared bildet sich wieder das V zwischen Nase und Stirn.

»Gib ihr etwas Zeit. Es ist wie ein Aufwachen nach einer Operation. Da braucht man auch einen Moment, bis man klar ist.« Als er merkt, dass mich das nicht gänzlich überzeugt, greift er nach meiner Hand.

Obwohl ich dankbar für seine Unterstützung bin, entziehe ich sie ihm jedoch sofort wieder.

»Nicht«, sage ich leise.

»Catherine, was ist das Problem?«

Überrascht sehe ich ihn an. Ein liebevoller Ausdruck liegt in seinen Marzipankartoffelaugen, der mir durch Mark und Bein geht. Die Erkenntnis, was er mit einem einzigen Blick in mir auslösen kann, erschreckt mich. Blitzartig sind die Gefühle, die sein gestriger Kuss bei mir ausgelöst hat, wieder präsent. Aber das ist falsch, das darf nicht sein.

Ich stehe auf und gehe ein paar Schritte. Jared folgt mir auf dem Fuße.

»Catherine?«, startet er einen neuen Versuch, meine Aufmerksamkeit zu erlangen. »Wir müssen irgendwann über den Kuss sprechen.«

ABER GANZ BESTIMMT NICHT JETZT UND NICHT HIER.

»Jared, das ist nicht der richtige Augenblick dafür. Ich will erst wissen, ob mit Annie alles in Ordnung ist. Bevor ich mir nicht sicher bin, dass es ihr gut geht – und damit meine ich wirklich, wirklich gut – kann ich mich auf nichts anderes konzentrieren.«

Er reibt sich nachdenklich das Kinn. Das kratzige Geräusch jagt mir den nächsten prickelnden Schauer durch den Körper.

»Okay, das verstehe ich«, sagt er.

Erleichtert atme ich auf. Jetzt muss ich nur noch Abstand zwischen uns bringen.

»Danke«, antworte ich und trete einen Schritt zurück, schaue demonstrativ zur Tür von Annies Krankenzimmer. »Wie lange dauert das denn noch?«

»Wenn ich etwas Gutes über Neill Sharpe weiß, dann, dass er ein sorgfältiger Arzt ist.«

Oh ja, das kann ich bestätigen.

»Gib ihm Zeit, Catherine. Er will ganz bestimmt sicherstellen, dass es Annie wirklich, wirklich gut geht.«

Ist es Absicht, dass Jared genau meine Formulierung benutzt? Als ich ihn prüfend ansehe, zwinkert er mir zu.

Was hat das denn wieder zu bedeuten?

Das Klingeln eines Handys hält mich davon ab, die Frage laut zu stellen. Jared holt sein Telefon aus der Hosentasche und nimmt das Gespräch an. Nach wenigen Sätzen ist mir klar, dass es um irgendeinen Notfall geht.

»Sorry, aber ich muss in die Praxis. Rufst du mich bitte an, sobald du Näheres weißt? Sag Annie, dass ich nachher bei ihr vorbeischaue.«

Zu mehr als einem Nicken komme ich nicht, da sprintet er auch schon den Flur entlang. Besorgt sehe ich ihm nach. Hoffentlich ist es nicht so schlimm, wie es den Anschein macht.

Geschlagene fünfzehn weitere Minuten muss ich warten, ehe sich die Tür von Annies Krankenzimmer wieder öffnet und Neill heraustritt. Endlich ist die Wartezeit, die mir wie eine Ewigkeit vorkam, vorbei.

»Wie geht es ihr?«, frage ich Neill, kaum dass er vor mir steht.

»Sie ist noch sehr benommen, aber sonst geht es ihr gut.«

»Benommen?«, wiederhole ich mit einem unguten Gefühl. Also doch Folgeschäden?

»Ja, eine Folge des künstlichen Komas. Sie verträgt

das Mittel offenbar nicht so gut.« Als ich erschrocken die Augen aufreiße, reibt er mir über den Oberarm. »Mach dir keine Sorgen, das ist nicht ungewöhnlich. Sie wird heute noch viel schlafen, aber morgen ist sie sicher wieder die Annie, die du kennst.«

Na, hoffentlich.

»Kann ich zu ihr?«

»Natürlich. Nur lass sie schlafen.« Er streicht mit dem Finger über meine Schläfe. »Und hier werden sich keine Sorgen gemacht, verstanden? Alles ist vollkommen normal.«

»Okay«, verspreche ich mit einem zaghaften Lächeln.

Annie schläft, als ich in ihr Zimmer zurückkehre. Nachdem ich mich wieder zu ihr gesetzt habe, hole ich mein Handy hervor und schicke Jared eine Nachricht mit den Neuigkeiten. Da er sie nach ein paar Minuten immer noch nicht gelesen hat, gehe ich davon aus, dass er weiterhin mit dem Notfall beschäftigt ist.

Der Gedanke an ein verletztes Tier erinnert mich an Annies Mitbewohner. Die habe ich zwar bereits gefüttert, aber der Hundespaziergang ist bisher ausgefallen. Für die nächsten Stunden reicht ihnen hoffentlich der Auslauf auf der Wiese.

Annie wacht mehrmals kurz auf, öffnet die Augen, schließt sie allerdings jeweils seufzend wieder, bevor ich sie ansprechen kann. Es ist frustrierend und muntert mich nicht gerade auf. Als einer der Pfleger, die regelmäßig hereinschauen und die Vitalwerte notieren, eine der äußerst kurzweiligen Wachphasen und meine Besorgnis darüber mitbekommt, beruhigt er mich mit denselben Worten wie Neill.

»Machen Sie sich keine Sorgen, das Gehirn schont sich selbst. Solange das Aufwachen und wieder Einschlafen so ruhig abläuft, ist alles in bester Ordnung. Der Körper nimmt sich, was er zur Regeneration braucht.«

Er reicht mir mit einem aufmunternden Blick ein Glas Wasser.

»Vergessen Sie nicht zu trinken. Es bringt Ihrer Freundin gar nichts, wenn Sie dehydrieren.«

Ich bedanke mich und trinke einen Schluck.

Die Kirchturmuhr schlägt zur Mittagsstunde, als ich das erste Mal aufstehe und ein paar Schritte im Zimmer auf und ab gehe. Das viele Sitzen hat mich steif gemacht. Rücken und Nacken schmerzen. Ich strecke mich und stöhne leise, als die verspannten Muskeln aufmucken.

»Geh nach Hause und ruh dich etwas aus.«

Ich zucke zusammen und wirble herum. Am Fußende des Bettes steht Jared. Sein besorgter Blick mit der obligatorischen Furche über der Nasenwurzel ist auf mich gerichtet.

Wann ist er hereingekommen?

»Nein, ist schon okay. Mir geht es gut. Ich musste mich nur mal strecken.«

Jared kommt seufzend auf mich zu. Er legt seine Hände an meine Oberarme. Sogleich überträgt sich seine tröstende Wärme und beruhigt mich. Doch gleich darauf fühlt es sich wieder falsch an. Er ist mir viel zu nahe. Zu vertraut ist seine Berührung. Ich räuspere mich und löse mich aus seinem Griff.

»Wie geht es dem Notfall?«, frage ich, um mich von seiner Nähe abzulenken.

»Er ist versorgt und ruht sich aus. Genau das, was du nun auch tun solltest. Ich bleibe so lange bei Annie.«

»Was ist mit deinen anderen Patienten?«

Jared seufzt auf. »Catherine, es ist Samstag und die Praxis ist geschlossen. Du kannst dir wirklich eine kleine Pause gönnen. Ich passe auf Annie auf, versprochen.«

Sein Blick wandert zum Bett, ruht für einen Moment auf seiner Freundin, bevor er zu mir zurückkehrt. Ich schlage mir gedanklich mit der Hand vor die Stirn. Natürlich, er möchte mit ihr alleine sein. Ihr versichern, dass er für sie da ist. Sie mit seiner Nähe und zärtlichen Berührungen beruhigen. Ihr liebevolle Worte zuflüstern.

»Du hast recht«, sage ich daher. »Ich sollte mich um Annies Tiere kümmern.«

»Kommst du klar?«

Ich nicke. Ja, inzwischen ist das nicht mehr das Problem. Dank seiner guten Tipps.

»Das Füttern hat gut geklappt. Den Spaziergang bekomme ich auch hin.«

»Wenn die Hunde sich erst auf der Wiese etwas austoben, hast du es leichter«, rät er mir.

»Ja, ich weiß.« Mit einem zarten Lächeln auf den Lippen sehe ich ihn an. »Ich hatte einen guten Lehrer.«

Er erwidert mein Lächeln. »Und du bist eine gelehrige Schülerin.«

Nach einem kurzen Moment der Stille, in dem wir uns einfach nur gegenüberstehen und in die Augen schauen, reiße ich mich von seinem Anblick los. Dann verabschiede ich mich von Annie mit einem Kuss auf die Wange.

»Jared ist hier«, flüstere ich ihr zu. »Ich komme später noch mal vorbei.«

Mein Blick wandert zu dem Tierarzt. »Bis nachher, Jared.«

»Bis später, Catherine.«

Obwohl mir eher nach einem kurzen Spaziergang mit den Hunden ist, zwinge ich mich zu einer längeren Strecke. Ich will Jared alleinige Zeit mit Annie gönnen.

Vielleicht bringen sie seine Worte sogar schneller zurück.

Getragen von diesem Gedanken steuere ich die Wiese an, auf der das Eislaufen stattfindet. Wie immer ist das Event gut besucht. Aus der Ferne schaue ich mir das Geschehen an. Da ich nicht weiß, wie die Hunde auf Menschenansammlungen reagieren, traue ich mich nicht direkt bis an die Eisfläche heran. Aber das macht nichts, auch so kann ich erkennen, wie viel Spaß die Eisläufer haben. Einige Kinder flitzen hin und her, stolpern, plumpsen auf den Hintern, stehen sofort wieder auf und fahren ohne Angst weiter. Pärchen gleiten händchenhaltend nebeneinander her, lachen, werfen sich verliebte Blicke zu. Mir wird schwer ums Herz, also schaue ich schnell woanders hin. Eine junge Frau demonstriert gekonnt eine Pirouette auf dem Eis. Immer schneller dreht sie sich um die eigene Achse, sodass mir alleine beim Zusehen fast schwindelig wird. Grinsend beuge ich mich zu Spike hinab und streichle ihn am Kopf.

»Siehst du das?«, frage ich und deute auf die Eistänzerin. »Da ist jemand mit demselben Faible wie du.«

Wie auf Kommando springt er auf die Hinterbeine und dreht sich ebenfalls mehrmals. Muju bellt, als wolle er ihn anfeuern. Ich lache und gehe weiter, bevor der Bobtail noch auf die Idee kommt, das mit den Pirouetten auch mal auszuprobieren.

Kapitel 18

Nachdem Annie es am gestrigen Abend nicht mehr für länger als ein paar Sekunden aus dem Schlaf geschafft hat, hoffe ich für heute auf Besserung. Mit der Hoffnung im Herzen betrete ich ihr Krankenzimmer und erstarre.

Was ist denn jetzt passiert? Warum hat mir niemand Bescheid gegeben?

»Guten Morgen«, ruft Annie mir vergnügt entgegen. Sie sitzt aufrecht im Bett, wach – nein, nicht nur das, sondern voller Leben – und strahlt über das ganze Gesicht.

»Du bist aufgewacht«, gebe ich staunend von mir. Mit schnellen Schritten gehe ich zu ihr und umarme sie. »Das ist so toll.« Als ich mich wieder von ihr löse, mustere ich sie. »Wie geht es dir?«

»Gut. Allerdings bin ich ehrlich gesagt immer noch

ein bisschen geschockt darüber, wie lange ich bewusstlos war.«

Ich setze mich auf die Bettkante und nehme ihre Hand. »Du hast uns einen ganz schönen Schrecken eingejagt.«

»Ja, tut mir leid.« Sie senkt den Blick.

»Hey.« Ich hebe ihr Kinn wieder an. »Da ist nichts, für das du dich entschuldigen musst.« Sie nickt und ich drücke ihre Hand. »Was sagen denn die Ärzte? Ist mit deinem Kopf alles in Ordnung?«

»Neill ist ganz zufrieden.« Sie strahlt und steckt mich damit sofort an.

Ah, das klingt wunderbar. Genau das, was ich mir gewünscht habe.

Annie gibt die Untersuchungsergebnisse wieder und fragt dann nach den Tieren. Als ich ihr versichere, dass ich gut zurechtgekommen bin und es allen bestens geht, atmet sie beruhigt auf.

»Gott, ich bin dir so dankbar, Cat.«

Ich winke ab. »Nach allem, was du für mich getan hast, war das ja wohl das Mindeste.«

Sie zieht mich in eine Umarmung und drückt mich fest an sich.

»Nein, das ist schon besonders, Cat.« Sie löst sich von mir und sieht mich dankbar an. »War es schwer, deine Angst zu überwinden?«

»Jared hat mich unterstützt und mir ein paar hilfreiche Tipps gegeben.« Plötzlich kommt mir ein Gedanke. »Was sagt er denn dazu, dass du wieder bei Bewusstsein bist? Er ist bestimmt ganz aus dem Häuschen, oder?«

»Kurz bevor du hereingekommen bist, habe ich ihm eine Nachricht geschickt.« Annie schaut auf ihr Handy. »Aber er hat noch nicht geantwortet.«

»Dann ruf ihn an«, schlage ich vor. »Er wartet bestimmt schon sehnsüchtig auf die erlösende Nachricht. Ich hole mir in der Zwischenzeit einen Kaffee.«

Annie zuckt mit den Schultern. »Meinst du?«

»Ja, natürlich«, versichere ich ihr und stehe auf.

Als ich das Zimmer verlasse, frage ich mich, warum sie das nicht längst gemacht hat. Glaubt sie etwa, dass der Unfall ihre Schuld war und Jared deswegen sauer auf sie sein könnte? Na, den Zahn wird er ihr hoffentlich sofort ziehen.

Einige Minuten später öffne ich die Tür einen Spalt weit, um zu horchen, ob Annie noch telefoniert.

»Komm rein, Cat«, ruft sie mir zu.

Sie sieht zufriedener aus. Gut so. Dann konnte Jared ihr wohl die Gewissensbisse, oder was sie auch immer von einem Anruf bei ihm abgehalten hat, ausreden. Bestimmt ist er schon auf dem Weg hierher.

Annie klopft auf die Matratze. Ich folge der Aufforderung und setze mich wieder zu ihr.

Sie mustert mich. »Erzähl, was hast du in den letzten Tagen gemacht. Warst du beim Eislaufen oder beim Kuppeltee?«

Womit wir direkt beim Thema wären. Mist. Beschämt nage ich an meiner Unterlippe.

Annie macht eine abwinkende Geste. »Mach dir bloß keine Gedanken, weil du nicht die ganze Zeit an meinem Bett gesessen hast. Also los: Erzähl mir alles. Warst du beim Mistelzweigtreffen?«

Ich nicke verhalten.

»Und?« Sie funkelt mich vergnügt an. »Herrje, lass dir doch nicht alles aus der Nase ziehen. Wer durfte dich küssen?«

Meine Wangen fangen an zu glühen, die Hände werden schweißnass. Ich senke den Blick.

»Catherine?« Annie streicht über meinen Arm. »Was ist denn los? Ist etwas vorgefallen? Hat dich jemand bedrängt?«

»Nein!«, stoße ich sofort hervor und hebe den Kopf.

Meine Freundin sieht mich besorgt an. »Was ist es dann?«

Ich wische die Hände an meiner Hose ab, suche nach den richtigen Worten. Aber wie erklärt man seiner Freundin, dass man ihren Freund geküsst hat? Intensiv, mit viel Gefühl. So nachhaltig, dass mir immer noch die Knie weich werden, wenn ich nur daran denke.

»Äh … also … ich … ich habe da … tatsächlich jemanden … geküsst.« Erneut breche ich den Blickkontakt ab. »Aber das war falsch.« Ich knete meine Finger, spüre die Hitze der Scham in mir aufsteigen.

»Wen denn? Und wieso war das falsch? Hat es sich nicht gut angefühlt?«

Als ich nicht antworte, legt Annie zwei Finger unter mein Kinn und hebt meinen Blick wieder in ihren.

»Nun rück schon raus damit, Cat. Mir kannst du alles erzählen. Das weißt du doch hoffentlich.«

»Annie, es tut mir so leid«, wispere ich verschämt. Tränen steigen auf, die ich wegzublinzeln versuche. Vergeblich.

»Was denn?«, hakt sie mit sanfter Stimme nach. »Dass du feiern warst, während ich hier lag? Das ist okay, Süße.«

»Nein, das ist es nicht.« Ich schüttle vehement den Kopf. »Ich habe … ich habe … Jared … geküsst.«

So, jetzt ist es raus.

Annies Augen weiten sich.

»Wirklich?«, fragt sie mit einem Strahlen im Gesicht, das ich nicht erwartet habe. »Das ist ja toll.« Dann runzelt sie die Stirn. »Aber warum war das falsch?«

Verblüfft sehe ich sie an. Hat sie gerade ›toll‹ gesagt?

»Hast du mich richtig verstanden, Annie? Ich habe Jared geküsst. Deinen Freund. Und ich schäme mich entsetzlich dafür.«

»Meinen Freund?«, wiederholt Annie. »Du meinst Freund wie Partner, Gefährte, Geliebter?«

Ich nicke und sie prustet los.

HÄ?

»Jared ist doch nicht mein Freund«, japst sie. »Zumindest nicht in dem Sinne. Er ist ein Kumpel. Den ich sehr mag, klar, mehr jedoch auch nicht.«

MEHR NICHT?

»Aber ich dachte … deine Augen glänzen immer so, wenn du von ihm sprichst. Er ist nicht dein Freund? Wirklich nicht?«

Annie legt ihre Hände an meine Schultern und schüttelt den Kopf. »Nein, er ist nicht mein Freund. Du darfst ihn also so lange küssen, wie du willst.«

Erleichtert schließe ich mich ihrem Lachen an. Das ist ja wunderbar.

»Ich kann nicht fassen, dass zwischen euch nichts ist«, sage ich voller Freude. »Dabei dachte ich wirklich, dass du in ihn verliebt bist und ich mich wie ein Miststück von Freundin verhalten habe.«

»Nein, ich kann dich beruhigen, in *DIESEN* Arzt bin ich nicht verliebt.« Annie grinst mich breit an.

»Aber du bist verliebt?«, resümiere ich. »In wen?«

Sie beugt sich vor, führt ihre Lippen ganz nahe an

mein Ohr. »Es gibt da einen Arzt, der mein Herz höherschlagen lässt. Du kennst ihn. Sein Name ist Dr. Neill Sharpe.«

Die Erwähnung von Neill bringt mich zum Erstarren.

ACH DU HEILIGE SCHEISSE. NICHT ER. BITTE.

Meine Freundin nimmt den Kopf zurück und sieht mich verwundert an. »Was ist denn los?«

»Den habe ich auch geküsst«, sage ich leise.

»Du hast *WAS*?« Entsetzt lässt Annie die Arme sinken.

Wenn ich Annie eines hoch anrechne, dann die Tatsache, dass sie mir zugesteht, ihr alles in Ruhe zu erklären. Als sie erfährt, dass sich der Kuss auf dem Mistelzweigtreffen ereignet hat, entspannt sie sich sichtlich. Bei der Erwähnung, wie wenig mir der Kuss bedeutet hat, kehrt sogar ein zaghaftes Lächeln auf ihre Lippen zurück.

»Du empfindest also nichts für Neill?«

»Nein«, versichere ich ihr sofort. »Ich meine, er ist ein fürsorglicher Arzt und ein netter Kerl. Aber er erreicht in keiner Weise die Saiten in mir, die allein ein Blick von Jared zum Schwingen bringt.«

»Wow, Cat, deine Augen strahlen richtig, wenn du von Jared sprichst.«

»Das ist mir bei dir auch aufgefallen, als du mir auf

der Fahrt von Colorado Springs hierher von ihm erzählt hast.«

»Ja klar«, sie stupst mich an der Schulter an, »weil er ein toller Tierarzt ist. So was findet man selten. Aber ansonsten interessiert er mich nicht die Bohne.«

PUH, BIN ICH FROH, DAS ZU HÖREN.

»Verzeihst du mir den Kuss mit Neill?«, frage ich vorsichtig.

Annie winkt ab. »Klar, war ja unter einem Mistelzweig. Außerdem sind Neill und ich kein Paar. Leider.«

»Weiß er denn von deinen Gefühlen für ihn?«

»Ja.« Sie zuckt mit den Schultern. »Aber das beruht halt nicht auf Gegenseitigkeit.«

Oje, wie schade. Mit einer sanften Bewegung ziehe ich sie in eine Umarmung.

»Das tut mir so leid, Annie.«

Mir blutet das Herz. Zu gerne würde ich ihr sagen, dass das vielleicht noch wird. Doch wie viel Wahrheit würde in meinen Worten stecken? Wie kann dieser Mistkerl von einem fürsorglichen Arzt ohne Skrupel die Freundin der Frau küssen, die ihm ihre Gefühle gestanden hat? Seine Anmachsprüche kann er sich künftig sonst wo hinstecken. Dem werde ich was erzählen, wenn er das noch einmal wagt.

Statt Annie mit hohlen Versprechen aufzumuntern, versuche ich sie abzulenken. Was sehr gut klappt, als ich von ihren Tieren anfange. Je mehr Anekdoten ich von mir gebe, desto mehr lichtet sich ihr trauriger Ausdruck. Am Ende lacht sie wieder und drückt mich ein weiteres Mal an sich.

»Das hast du toll hingekriegt, Cat. Ich bin stolz auf dich.«

HM, DIE WORTE KOMMEN MIR IRGENDWIE BEKANNT VOR.

Wie auf Kommando klopft es an der Tür und Jared steckt den Kopf ins Zimmer. Als er uns erblickt, fangen seine Marzipankartoffelaugen an zu strahlen.

Ah, wie sehr ich diesen Anblick liebe. Und jetzt kann ich es sogar ganz offen zugeben.

Er begrüßt Annie mit einer Umarmung und erkundigt sich, wie es ihr geht. Dann richtet er kurz den Blick auf mich.

»Hallo Catherine.«

»Hallo Catherine?«, wiederholt Annie mit einem verschmitzten Lächeln. »Ist das alles, was du zu bieten hast? Wie wäre es mit einem Kuss, so wie es sich gehört?«

Jared fährt sich durch die Haare. »Ich glaube nicht, dass Catherine das möchte.«

»Oh, da irrst du dich aber gewaltig. Seitdem sie weiß, dass wir beide«, dabei tippt sie erst ihm und dann sich auf die Brust, »kein Paar sind, hat sich das mit Sicherheit geändert.«

Die Augen von Jared weiten sich. Verblüfft schaut er zwischen Annie und mir hin und her.

»Du hast gedacht, Annie und ich sind ein Paar?« Er reibt sich das Kinn. »Jetzt wird mir einiges klar.«

Seine Augen verengen sich und er starrt mich missmutig an. »Du hältst mich also für einen Kerl, der eine andere küsst, kaum dass seine Freundin im Koma liegt?«

»Ja«, gebe ich zu. »Und mich für eine Schlampe, weil ich es zugelassen habe. Noch dazu, kurz nachdem schon Neill bei mir zum Zuge gekommen war.«

Er zwinkert mir zu. »Dann sind wir ja quitt.«

Einfach so? Ich atme erleichtert auf.

Jared umrundet das Krankenbett und zieht mich auf die Füße. »Also darf ich dich jetzt küssen?«

Meine Antwort ist lediglich ein Strahlen, aber das reicht ihm. Er legt einen Arm um meine Taille, eine Hand in meinen Nacken. Ein kurzer Ruck und ich lande an seiner Brust. Die Schmetterlinge in meinem Bauch vollführen einen Tanz, der in einer aufgeregten Pirouette endet, als sich seine Lippen auf meine legen.

Kapitel 19

Gegen Mittag verabschieden Jared und ich uns von Annie. Hand in Hand verlassen wir das Krankenhaus. Ein kalter Wind braust durch die Schlucht zwischen dem Klinikgebäude und dem danebenstehenden Appartementhaus. Doch das ist mir egal. Ich spüre nur die Wärme, die von Jareds Hand ausgeht.

Er sieht mich mit einem liebevollen Blick an. »Hast du die Tiere schon versorgt?«

Ich klimpere mit den Wimpern. »Aber natürlich, Mister Veterinär. Was dachten Sie denn?«

»Genau das, Ms. Wunderbar.« Er beugt sich zu mir und küsst mich sanft. »Wie wäre es, wenn wir einen Abstecher zum Chorfest machen, bevor wir uns später wieder um die Tiere kümmern?«

Wir? Das ist Musik in meinen Ohren. Selbst

OHNE DAS WEIHNACHTSSINGEN IM HINTERGRUND.

»Sehr gerne«, antworte ich daher und folge ihm zu seinem Wagen.

Im Stadtpark sind – wie ich es von früher in Erinnerung habe – an verschiedenen Stellen Podeste aufgebaut. Dort präsentieren sich die einzelnen Chöre, deren Mitglieder alle in traditionelle Jacken oder Anzüge gekleidet sind. Wir schlendern von einer Gesangsdarbietung zur nächsten, hören hier und da zu, singen ab und an leise mit, applaudieren und finden Gefallen an der Mischung aus alten und neuen Songs, die allesamt eines gemeinsam haben: Inhaltlich geht es immer um Winter, Schnee oder die Weihnachtszeit.

Als wir vor einem der Podeste darauf warten, dass die Red Flakes ihre Pause beenden, schließe ich für einen Moment die Augen und genieße das sanfte Streicheln von Jareds Daumen über meinen Handrücken. Seitdem alles geklärt ist, entspannt mich jede einzelne Berührung von ihm. Es ist so schön, nicht mehr von schlechtem Gewissen geplagt zu werden, weil ich etwas für diesen gut aussehenden Tierarzt empfinde.

Später gönnen wir uns an einem der Stände einen Punsch. Das heiße Getränk mit dem Schuss Alkohol wärmt meine klammen Finger, die ich auf Teufel komm raus nicht in Handschuhe stecken will.

»Darf ich dich um etwas bitten?«, frage ich.

Jared antwortet mit einem Lächeln. »Alles, was du möchtest.«

AHA, GUT ZU WISSEN.

»Dieser Streit zwischen dir und Neill, worauf beruht der? Erzählst du mir bitte endlich davon? Hat er etwas mit Annie zu tun?«

Den Gedanken trage ich mit mir herum, seitdem wir den Stadtpark betreten und ich jemanden gesehen habe, den ich im ersten Moment für Neill hielt. Die Überlegung, ob Jared es ihm übel nimmt, weil er Annies Gefühle nicht erwidert, lässt mich nicht mehr los.

Jared atmet lange und hörbar aus. »Nein, um Annie geht es dabei nicht.«

»Was ist es dann?«

Wieder ein Seufzen. »Als Neill erfuhr, dass Doktor Stanton seine Tierarztpraxis aufgeben will, hat er sich Hoffnungen auf die Räume gemacht. Die Umgestaltung von Veterinär- auf Humanmedizin ist wesentlich günstiger als eine komplett neue Praxis einzurichten. Und Doktor Stanton fand ja zunächst keinen Nachfolger, sodass er schon fast dazu neigte, die Räume herzugeben. Doch als ich nach Snowflakes gekommen bin, musste Neill seine Pläne wieder auf Eis legen. Dummerweise habe ich ihm dann unwissentlich auch noch die Wohnung vor der Nase weggeschnappt, auf die er ebenfalls scharf war. Na ja, seitdem mag er mich einfach nicht besonders. Das lässt er mich seit meinem ersten Tag spüren und irgendwann ist mir das so auf den Keks gegangen, dass ich umgekehrt ebenfalls eine Abneigung entwickelt habe, obwohl die eigentlich unbegründet ist.«

»Wie kindisch von ihm«, entfährt es mir. »Dass er sich wegen derart trivialer Gründe aufregt und so lange nachtragend ist, hätte ich ihm nicht zugetraut.«

Jared reibt sich das Kinn. »In seinen Augen ist das alles vermutlich nicht trivial, sondern existenzentscheidend.«

»Mag sein.« Ich schüttle dennoch ungläubig den Kopf. Je mehr ich über Neill an diesem Tag erfahre, desto weniger mag ich ihn. Zum Glück hat mich mein Bauchgefühl bei dem Kuss im Gemeindehaus nicht im Stich gelassen, sondern gleich heftig in den Hintern getreten.

Am Abend, als wir nach dem Füttern der Tiere gemeinsam auf Annies Sofa sitzen, wirft Jared mir einen merkwürdigen Blick zu.

»Was?«, erkundige ich mich.

»Ich frage mich gerade, wie lange du noch in Snowflakes bleibst.«

Bumm, die Überlegung schlägt völlig unerwartet in meinem Bauch ein. Die Tatsache, dass ich bald wieder zurück nach Colorado Springs gehe, habe ich den ganzen Tag über vollkommen verdrängt.

»Äh, ich weiß nicht genau«, antworte ich zögerlich. »Sobald meine Wohnung freigegeben wird, muss ich zurück.«

»Musst du?«, hinterfragt Jared.

Ruckartig setze ich mich gerade hin. Ja natürlich, was glaubt er denn? Dass ich alles in Colorado Springs stehen- und liegenlasse, um mit wehenden Fahnen in meine Heimatstadt zurückzukehren?

Nach einem tiefen Atemzug, der mich davon abhält, etwas Unbedachtes zu sagen, umfasse ich seine Hand. Eine dumme Idee, da mich die Berührung durcheinanderbringt. Aber loslassen will ich seine Finger auch nicht.

»Mein Leben spielt sich in Colorado Springs ab«, erkläre ich mit bebender Stimme. Plötzlich bin ich mir gar nicht mehr so sicher, ob das wirklich stimmt. Denn so lebendig wie in den letzten Tagen habe ich mich dort lange nicht mehr gefühlt. Trotzdem … Ich atme noch einmal tief durch, bevor ich weiterspreche. »Es gab Gründe, warum ich Snowflakes verlassen habe.«

Jared hebt eine Braue. »Welche? Hat man dich hier schlecht behandelt?«

»Nein, nein.« Ich schüttle energisch den Kopf. »Mir ist Snowflakes nur einfach zu klein, zu beengt, zu unspektakulär.« Na ja, wenn man von einer bestimmten Person mit faszinierenden Marzipankartoffelaugen absieht. »Das ist so, seitdem meine Eltern mich als Jugendliche zu einem Musicalbesuch nach Denver mitgenommen haben. Das Pulsieren der Großstadt hat mir von der ersten Minute an gefallen. Als wir nach dem Wochenende hierher zurückgekehrt sind, wusste ich, dass ich irgendwann gehen würde.«

Auf Jareds Stirn bilden sich mehrere kleine Fältchen und er fängt an, mit dem Daumen meine Finger zu streicheln. Sein Blick geht durch mich hindurch, ist in die Ferne gerückt. Unwillkürlich frage ich mich, wohin seine Gedanken abgedriftet sind.

»Bist du jetzt sehr enttäuscht?«, erkundige ich mich mit leiser Stimme.

Er zuckt ein wenig zusammen, sieht mir wieder in die Augen. »Nein, durchaus nicht. Snowflakes hat was, aber größere Städte wie Denver oder Colorado Springs haben natürlich mehr Abwechslung zu bieten.«

Noch einmal verschleiert sich für einen Moment sein Blick und die zierlichen Fältchen durchziehen seine Stirn. Doch er schüttelt den Ausdruck ab und lächelt mich an.

»Wollen wir die Tage bis zu deiner Rückkehr in die Zivilisation gestalten, als gäbe es kein Morgen?«

Seine Formulierung bringt mich zum Grinsen. Zivilisation. Das hört sich an, als gäbe es hier in Snowflakes rein gar nichts davon und man würde noch in Höhlen leben.

Er beugt sich zu mir und berührt sanft meine Lippen.

»Wir könnten das hier tun.« Ein weiterer zärtlicher Kuss folgt, bei dem seine Zungenspitze mit ins Spiel kommt.

Ich schließe verzückt die Augen.

»Dann wäre da das hier.« Seine Finger streichen sanft über meinen Hals, die Schulter und den Arm hinab.

Mein Körper reagiert mit einem wohligen Schauer darauf.

»Und noch ein paar andere Dinge«, raunt er mir zu, während seine Lippen am Hals die Spur nachziehen, die seine Finger zuvor schon genommen haben.

Aaahh, wie soll ich jemals gehen, wenn seine Berührungen und Verheißungen mein Blut in Wallung bringen?

»Was sagst du dazu?«, fragt er, als er sich meinen Hals wieder hinaufküsst. »Lass uns die Zeit zusammen genießen, die du noch hier bist. Zum Abschluss feiern wir gemeinsam den Weihnachtsball und nach Weihnachten sagen wir adieu. Ohne schlechtes Gewissen, ohne Verpflichtungen.«

WAS IN SNOWFLAKES PASSIERT, BLEIBT IN SNOWFLAKES.

Jareds Angebot klingt ganz danach und mir gefällt der Gedanke.

Ich nehme den Kopf zurück, schiebe Jared sanft

ein Stück von mir weg, sodass wir uns in die Augen sehen können. Unsere Blicke verschmelzen miteinander, ich versinke schon wieder in dem Marzipankartoffelbraun. Herrje, wie soll ich so einen klaren Gedanken fassen?

»Ja«, bringe ich lediglich hervor. Ein Wort, das ausreicht, damit er mich mit einem strahlenden Ausdruck an sich zieht und mir mit seinen Küssen einen Vorgeschmack auf die verbleibenden Tage gibt.

Am nächsten Morgen bringe ich Annie die Sachen vorbei, um die sie mich gebeten hat. Sie inspiziert kurz den Inhalt der Tasche, nickt und sieht mich erwartungsvoll an.

»Ich will jedes Detail wissen und sei es auch noch so schmutzig«, platzt es aus ihr heraus, als ich stumm bleibe.

»Was für Details?«, stelle ich mich dumm. Allerdings leckt an meinen Mundwinkeln bereits ein Grinsen, das sich über das ganze Gesicht ausbreitet, als Annie mir mit einem empörten Ausdruck auf den Oberarm boxt.

»Los erzähl, wie läuft es zwischen Jared und dir?«

»Gut.«

»Und?« Sie verdreht die Augen. »Wie weit seid ihr schon gegangen?«

WAS?

»Findest du nicht, dass das zu persönlich ist?«

Annie zieht sich die Decke bis zum Kinn und macht einen Schmollmund. »Eine tolle Freundin bist du. Ich sterbe hier vor Langeweile, während du dich in *MEINEM* Haus amüsierst. Das ist soooo unfair.«

Seufzend gebe ich mich geschlagen. Außerdem brennt ein Teil in mir darauf, ihr alles zu erzählen. Vor allem will ich wissen, was sie von der Abmachung hält, die Jared und ich getroffen haben.

Als ich mit meinem Bericht fertig bin, sieht Annie mich aus großen Augen an.

»Glaubst du wirklich, dass du nach Weihnachten einfach so einen Cut machen kannst? Du bist ja nach einem Tag kaum noch wiederzuerkennen. Ist dir eigentlich klar, dass du heller strahlst als der Svarovski-Stern auf dem New Yorker Weihnachtsbaum vor dem Rockefeller Center?«

»Ja, das kriege ich hin«, antworte ich mit einem kräftigen Nicken.

Annie überzeugt das jedoch nicht, ihr Blick ist voller Skepsis.

»Herrgott, ich kenne ihn doch gerade mal ein paar Tage«, füge ich hinzu. »Ist ja nicht so, als wäre er ein Prinz auf einem weißen Pferd.«

»Stimmt, Cat. Das ist er nicht. Er ist besser. Der Hauptgewinn. Der Traummann. Der Kerl, hinter dem jede zweite Frau in Snowflakes her ist.«

»Gut, dann findet er ja schnell Ersatz, wenn ich erst mal wieder in Colorado Springs bin.«

»Oder ihr versucht es mit einer Fernbeziehung. Sind doch nur drei Stunden Fahrt.« Sie legt den Kopf schief und klimpert mit den Wimpern. »Wir würden uns auch regelmäßig sehen.«

Kapitel 20

Fernbeziehung? Annies Vorschlag schwirrt mir immer noch im Kopf herum, als ich gegen Mittag zur Tierarztpraxis fahre. Die Überlegung erscheint mir unnütz. Jared und ich wissen doch beide, dass es nur eine superkurze Romanze ist. Warum also über mehr nachdenken?

Los Gedanke, verschwinde! Niste dich gar nicht erst in meinem Kopf ein.

Um mich abzulenken, überlege ich, um was für eine Überraschung es sich handeln könnte, die Jared für die Mittagspause geplant hat. Nicht das kleinste Detail wollte er verraten, als wir heute Morgen telefoniert haben. Hm, das klingt spannend.

Jared steht am Empfangstresen der Praxis, als ich hereinkomme. Völlig versunken in etwas auf seinem Tablet bemerkt er gar nicht, dass ich mich ihm nähere.

Erst als ich ihm mit den Fingerspitzen über den Nacken streiche, hebt er den Kopf und dreht sich um. Das Stirnrunzeln verschwindet und macht einem erfreuten Ausdruck Platz.

»Hi«, begrüßt er mich. Dann drückt er seine Lippen auf meine – sanft und warm.

»Bin ich zu früh?«

»Nein, genau richtig. Ich bin soeben fertig mit den letzten Eintragungen. Wir können los.«

Ich lege meine Arme um seinen Hals und fordere erst noch einen Kuss ein. Doch auch danach gebe ich ihn nicht frei, sondern sehe ihm tief in diese wunderbaren Marzipankartoffelaugen, von deren Anblick ich wohl nie genug bekommen werde.

»Verrätst du mir nun endlich, was du geplant hast?«

Er schüttelt den Kopf, ohne den Blickkontakt abzubrechen. »Nein, lass dich einfach überraschen.«

»Okay«, murmle ich dicht an seinen Lippen. Eine Aufforderung zu einem weiteren Kuss, die Jared sich nicht entgehen lässt.

Unser Weg führt uns quer durch Snowflakes und ein Stück weit die Berge hinauf. Als wir vor dem Whiteflakes Inn halten, bin ich verwirrt. Bietet Val Flakes etwa inzwischen in ihrem Hotel auch einen Mittagstisch an?

Doch zu meiner Überraschung gehen wir nicht ins Hotel hinein, sondern seitlich am Gebäude vorbei.

Der Geruch von Pferden steigt mir in die Nase und sofort überschwemmen mich die Erinnerungen an den Moment als ich von Annies Unfall erfahren habe. Mit einem langen Atemzug versuche ich sie zu vertreiben. Gleich haben wir die Stallgebäude passiert und ich kann mich auf die Winterlandschaft konzentrieren. Der Ausblick aufs Tal ist von hier besonders schön. Vor allem an einem so sonnigen Tag wie heute.

Erneut liege ich jedoch falsch. Jared führt mich zu einem der Pferdeschlitten. Als ich ahne, was er vorhat, bleibe ich wie angewurzelt stehen.

»Was soll das?«, stoße ich hervor.

Jared lässt meine Hand los und schaut mich mit einem amüsierten Blick an.

»Wonach sieht es denn aus?«, fragt er grinsend und stupst meine Nasenspitze an. »Ich habe uns eine romantische Tour mit dem Schlitten gebucht.«

Genervt nehme ich den Kopf zurück und stemme die Hände in die Hüften.

»Mit einem *PFERDE*schlitten«, korrigiere ich ihn.

»Ja, genau. Das hast du ganz richtig erfasst.« Jared sieht mich in einer Mischung aus Überraschung und Belustigung an. Seine Mundwinkel kräuseln sich.

Verärgert trete ich einen Schritt zurück und funkle ihn an.

»Glaubst du im Ernst, dass ich mich nach allem, was mit Annie passiert ist, in die Gewalt von diesen

Ausgeburten der Hölle begebe?«

»Was?« Der amüsierte Ausdruck auf seinem Gesicht verschwindet. Stattdessen bildet sich das altbekannte V über der Nasenwurzel. »Hey.« Er verringert den Abstand zwischen uns wieder und legt seine Hände an meine Schultern. »Du brauchst keine Angst zu haben. Das dort«, er nickt in Richtung der Pferde, »sind Kaltblüter. Ganz ruhige Tiere, die an das Ziehen des Schlittens gewöhnt sind. Die bringt nichts aus der Ruhe.«

Als ich trotzdem nur den Kopf schüttle, streicht er mir zärtlich mit den Fingerknöcheln über die Wange.

»Ich würde dich niemals in Gefahr bringen. Das weißt du doch, oder?.«

WEISS ICH DAS?

Unsicher sehe ich ihn an. Verliere mich in seinen Augen. Der Stärke darin; der Aufforderung, ihm zu vertrauen; der Sicherheit, dass mir nichts passieren wird. Wie kann ich da noch an ihm zweifeln?

»Ja, ich weiß«, beantworte ich leise seine Frage.

»Gut.« Er atmet hörbar aus und umfasst meine Finger. »Komm, ich stelle dir die beiden vor. Wenn ihr erst mal Freunde seid, verfliegt deine Angst ganz schnell.«

»Oh nein«, protestiere ich und schüttle seine Hand ab. »Das kannst du gleich wieder vergessen. Ich werde die Dinger ganz bestimmt nicht streicheln, sondern mich ihnen gerade so weit nähern, dass ich in den

Schlitten klettern kann. Mehr ist nicht drin.«

Jared mustert mich ein paar Sekunden, dann seufzt er, nickt und greift erneut nach meiner Hand. »Das ist doch schon mal ein Anfang.«

Ein Anfang? Hat er mir überhaupt zugehört?

Das ist nicht nur der Anfang, sondern zugleich auch das Ende der Fahnenstange. Auf mehr werde ich mich ganz sicher nicht einlassen.

Mit einem merkwürdigen Gefühl im Bauch lasse ich mich von ihm zu dem Schlitten führen. Ein junger Bursche begrüßt uns. Ich nicke ihm mit einem verkniffenen Lächeln zu. Nachdem Jared ein paar Worte mit ihm gewechselt hat, steigen wir ein. Der Sitz ist mit Schaffelldecken ausgelegt und es gibt eine weitere dicke Decke, die wir über unsere Beine ausbreiten.

»Bereit?«, fragt Jared leise.

Nein, nicht wirklich.

Doch anstatt das zuzugeben, nicke ich tapfer.

»Kann losgehen«, teilt er dem Kutscher mit, der daraufhin die Zügel aufnimmt, die Bremse löst und den Pferden das Startsignal gibt.

Es ruckelt kurz, dann setzt sich der Schlitten in Bewegung. Jared nimmt meine Hand, verflicht seine Finger mit meinen und sieht mich aufmunternd an.

»Entspann dich, ich passe auf dich auf«, raunt er mir zu.

Ich konzentriere mich auf ihn. Ihn und die schneebedeckte Landschaft, die an uns vorüberzieht. Das Getrappel der Pferde versuche ich ebenso auszublenden wie ihren Geruch. Nur mit Mühe kann ich mir ein Naserümpfen verkneifen.

Als wir an einem tief herunterhängenden Ast vorbeikommen, streckt Jared den Arm aus und schüttelt ihn. Schnee rieselt auf uns herab. Die Eiskristalle kitzeln mich an der Nase. Ich lache auf, lehne den Kopf an Jareds Schulter und schließe für einen Moment die Augen.

Irgendwie ist es doch gar nicht so schlimm. Weil er bei mir ist, mich im Arm hält, Ruhe ausstrahlt und seine Nähe mich von den Vierbeinern vor dem Schlitten ablenkt.

Auf dem Rückweg fängt mein Handy an zu klingeln.

»Bestimmt Annie«, äußere ich eine Vermutung, als ich es aus meiner Tasche hervorkrame.

Damit liege ich allerdings falsch. Eine mir unbekannte Nummer mit der Vorwahl von Colorado Springs wird auf dem Display angezeigt. Unwillkürlich setze ich mich aufrecht hin, ehe ich das Gespräch annehme.

»Hallo, Ms. Oatman, hier spricht Sally Wheeler vom Feuerwehrdepartment von Colorado Springs. Es gibt Neuigkeiten wegen Ihrer Wohnung.«

»Oh gut, kann ich sie endlich wieder betreten?«

»Das würden wir gerne messen«, erklärt mir die Angestellte der Feuerwehrzentrale. »Die Treppenhäuser, Fahrstühle und Flure sind inzwischen frei von den chemischen Rückständen. Wir gehen nun mit den Bewohnern die einzelnen Apartments durch. Wann passt es bei Ihnen mit einer Begehung?«

»Äh, momentan bin ich nicht vor Ort. Ginge es in den nächsten Tagen?« Ich schaue kurz zu Jared. Das wirft unsere Pläne durcheinander.

Er lächelt und nickt mir aufmunternd zu.

»Oh, eigentlich wollten wir die Begehungen bis morgen Abend abschließen. Sie erhalten dann auch alle Unterlagen für eine Schadensersatzklage gegen den Verursacher.« Sie tippt auf einer Tastatur herum, atmet lautstark, während es im Hintergrund weiter klappert. Ich kreuze die Finger, hoffe, dass ich mich nicht umgehend auf den Weg machen muss. »Morgen um elf Uhr wäre möglich«, antwortet Ms. Wheeler schließlich.

Elf Uhr? Puh, dann müsste ich früh los. Nach einem anderen Termin zu fragen, bringe ich jedoch nicht übers Herz. Die Suche hörte sich schon so an, als wäre es ein Entgegenkommen.

»Das schaffe ich«, sage ich daher zu.

Die Angestellte fragt noch nach meiner E-Mail-Adresse, um mir die Terminbestätigung sowie ein Informationsschreiben zu schicken, und beendet dann das Gespräch.

Unsicher schaue ich zu Jared und informiere ihn über den Termin.

»Tut mir leid«, füge ich leise hinzu.

»Warum denn?«, fragt er mit sanfter Stimme. »Weil dein Leben wieder in Richtung der gewohnten Bahnen zurückgeht? Das war doch nur eine Frage der Zeit und wir wussten das beide, oder?«

»Ja, aber so plötzlich?« Mit einem Mal legt sich eine zentnerschwere Last auf meine Brust. Das bedeutet Abschied nehmen. Jetzt schon. Darauf bin ich nicht vorbereitet. Unschlüssig sehe ich zwischen dem Telefon und Jared hin und her. Vielleicht sollte ich doch um einen anderen Termin bitten. Schließlich habe ich hier Verpflichtungen. Annie, die Tiere … wer kümmert sich denn um alles, wenn ich so abrupt abreise?

»Hey.« Jared legt seine Hand um mein Kinn, zwingt mich so, ihn anzusehen. »Mach dir keine Gedanken, ich kümmere mich um alles, solange du weg bist.«

Solange ich weg bin?

Oh Jared, was redest du denn da?

In meinen Augenwinkeln sammeln sich Tränen. Ich versuche, sie wegzublinzeln, aber es werden so viele, dass ich es nicht schaffe.

»Ich dachte, wir hätten bis Weihnachten Zeit«, sage ich schniefend.

Er reibt mit den Daumen die Tränen weg, die mir

nun unaufhörlich über die Wangen laufen. »Vielleicht ist es besser so. Bevor noch mehr Gefühle entstehen.«

Nickend presse ich meine bebenden Lippen aufeinander. Stimme ihm zu, obwohl ich spüre, wie sehr mein Herz jetzt schon vor lauter Gefühlen für ihn überläuft.

Kapitel 21

Mit Annies Sportvan fahre ich am nächsten Morgen nach Colorado Springs. Eigentlich wollte ich einen Mietwagen nutzen, aber meine Freundin hat darauf bestanden, dass ich ihr Auto nehme. Ich glaube, sie will dadurch sicherstellen, dass ich auch wirklich wie vereinbart Weihnachten in Snowflakes verbringe.

Jared hingegen scheint daran keinen Zweifel zu haben. Als ich heute Morgen aufgewacht bin, war bereits eine Nachricht im Messenger von ihm, mit der er mir eine gute Fahrt gewünscht hat. Als Anhang war ein Foto von zwei Eintrittskarten für den Weihnachtsball beigefügt.

Die Fahrt geht problemlos vonstatten. Eine halbe Stunde vor dem Termin komme ich bei dem Apartmenthaus an, in dem sich meine Wohnung befindet.

Da ich keinen Wagen der Feuerwehrzentrale erkennen kann, bleibe ich im Auto sitzen.

Es ist merkwürdig wieder hier zu sein. Es kommt mir vor, als wäre ich monatelang weg gewesen, dabei sind der Chemieunfall und mein daraus resultierender Krankenhausaufenthalt keine zehn Tage her. Ich sehe mich um und warte auf das Gefühl von Nachhausekommen, aber es will einfach nicht eintreten.

Das liegt sicher nur daran, dass ich die Wohnung noch gar nicht eingerichtet habe. Ja genau, sobald alles ausgepackt ist, wird es sich auch wie ein Zuhause anfühlen.

Um mir die Zeit zu vertreiben, rufe ich Ally an. In den letzten Tagen haben wir nur einmal telefoniert, weil sie wegen des anstehenden Familienfestes in Hektik verfallen ist. Da sie meinen Anruf nicht annimmt, hat sich daran offenbar nichts geändert. Seufzend versuche ich es als Nächstes bei meiner Mutter, um den täglichen Wahnsinn hinter mich zu bringen und ihr zu versichern, dass es mir immer noch gut geht. Nach wie vor äußert sie jeden Tag ihre Befürchtung, dass die chemischen Dämpfe Spätfolgen hervorrufen könnten.

Nachdem ich sie mal wieder beruhigt und über die Begehung der Wohnung informiert habe, ringt sie mir das Versprechen ab, ihr nach dem Termin sofort Bescheid zu geben, wie das Ergebnis ausgefallen ist.

»Lass den Feuerwehrmann zuerst reingehen. Wer

weiß, was sich da an Giftstoffen festgesetzt hat. Am liebsten wäre es mir ja, du würdest dir eine neue Wohnung suchen.«

Ich verdrehe die Augen. Im Hintergrund höre ich meinen Dad etwas rufen.

»Dein Vater sagt, dass du dir einen guten Anwalt suchen sollst. Der Kerl muss ordentlich bluten für das, was er dir angetan hat.«

Meine Augen kommen aus dem Rollen gar nicht mehr heraus.

»Ja, Mom«, verspreche ich. Dann wechsle ich schnell das Thema und frage nach ihren letzten Ausflügen. Es funktioniert, meine Mutter fängt an, von den Vulkanen und den warmen Quellen zu schwärmen. Vergessen sind die chemischen Dämpfe, von denen ich annehme, dass sie sich vollkommen verzogen haben.

Eine Vermutung, die sich zwei Stunden später als wahr herausstellt. Die Luftzusammensetzung wurde Raum für Raum genauestens gemessen. Jede Ecke, jeder Durchgang, alle Fenster, alle Lüftungsschächte – nichts wurde ausgelassen. Am Ende sah mich der Angestellte der Feuerwehrzentrale an und verkündete, dass es in meiner Wohnung keine Rückstände von den Chemikalien gibt, die mein Nachbar freigesetzt hat. Nachdem ich mich bedankt und ihn verabschiedet habe, schließe ich die Tür. Das erste Mal seitdem ich die Räume betreten habe, atme ich wieder befreit durch.

Geschafft! Endlich kann ich mich hier einrichten und ein neues Leben beginnen. Eines ohne Ben. Ihm trauere ich keine Sekunde mehr nach. Anders sieht das bei Jared aus. Obwohl ich erst wenige Stunden aus Snowflakes weg bin, fehlt er mir bereits.

Verdammt, ich muss damit aufhören, dauernd an ihn zu denken. Schließlich habe ich gegenüber Annie großspurig behauptet, dass ich den Cut problemlos hinbekomme.

Da mir trotz der Freude über meine freigegebene Wohnung der Elan zum Auspacken der Kartons fehlt, beschließe ich, erst mal etwas zu essen. Im Diner um die Ecke bestelle ich mir das Mittagsmenü und schicke Nachrichten an Mom, Annie und Jared, in denen ich sie über das Ergebnis der Begehung informiere. Während ich danach auf das Essen warte, schaue ich aus dem Fenster.

Es herrscht ein geschäftiges Treiben auf den Straßen. In den umliegenden Läden ist es voll. Die Menschen statten sich mit Weihnachtsgeschenken aus, laufen hektisch von einem Geschäft zum nächsten. Taxis quälen sich hupend durch den Verkehr, in der Ferne heult die Sirene eines Rettungswagens. Ein Mann verteilt Flyer an die Fußgänger, die mit schnellen Schritten seinen Weg kreuzen.

Es ist der krasse Gegensatz zu Snowflakes. Die Stadt pulsiert und mir gefällt es. Colorado Springs hat nur einen Nachteil: Es gibt hier keinen Tierarzt mit Marzipankartoffelaugen.

Allerdings gibt es einen anderen Mann, der wahrscheinlich froh ist, ein Lebenszeichen von mir zu bekommen. Als ich meinen Boss anrufe, nimmt er das Gespräch mit einem grummelnden »Hallo« an.

Oje, das klingt nicht gut. Doch der Tonfall meines Chefs hört sich schlagartig bessergelaunt an, als ich mich melde.

»Ms. Oatman, perfektes Timing, ich habe gerade an Sie gedacht.«

Das können ja keine guten Gedanken gewesen sein, so grummelig wie er sich angehört hat.

»Wie geht es Ihnen? Wissen Sie schon, wann Sie wieder arbeiten können?«

»Mir geht es gut. Alles überstanden. Danke, dass Sie mir ein paar Tage freigegeben haben.«

»Gut zu hören, dass Sie wieder fit sind. Sie erinnern sich vielleicht an die Präsentation, die für Donnerstagmittag geplant ist. Ich brauche Sie dringend für die Vorbereitung. Ihre Vertretung kriegt das nicht hin. Wann können Sie hier sein?«

Mist, eigentlich wollte ich ihn noch um ein paar

weitere freie Tage bitten. Aber das kann ich vergessen. Er braucht mich und wie heißt es so schön: Eine Hand wäscht die andere.

»Geben Sie mir dreißig Minuten«, sage ich zu. Wenn ich mir das Essen zum Mitnehmen einpacken lasse, müsste ich es in der Zeit bis zum Firmengebäude am anderen Ende der Stadt schaffen.

»Wunderbar. Kommen Sie direkt in mein Büro. Es gibt eine Menge zu tun.«

Eine Aussage, die es nicht mal im Ansatz trifft. Sechs Stunden später komme ich das erste Mal, seitdem ich das Büro des CEOs betreten habe, wieder zum Durchatmen. Gemeinsam sind wir Unterlagen durchgegangen, haben Zahlen zusammengestellt, Aufstellungen gemacht, fehlende Posten recherchiert, uns die Haare gerauft und unzählige Telefonate geführt. Mein Hals ist trocken, die Stimme kratzig, trotzdem lächle ich meinen Chef an, als ich das Notizbuch zuklappe.

»Kaum zu glauben, aber das hat mir tatsächlich gefehlt«, sage ich mit einem Zwinkern. »Sind Sie sicher, dass wir die anderen Materialien nicht auch noch durchgehen wollen?«

Mister White schüttelt den Kopf. »Nein, das machen wir morgen. Gehen Sie nach Hause, Sie haben sich den Feierabend mehr als redlich verdient.«

Eine Aufforderung, der ich nur zu gerne nachkomme. Müde, aber gleichzeitig glücklich, mache ich noch einen kurzen Abstecher in den Supermarkt und fahre danach in meine Wohnung. Erst dort stelle ich fest, dass mein Messenger von unzähligen Nachrichten gesprengt wurde. Sowohl Annie als auch Jared haben mir den ganzen Nachmittag über immer wieder etwas geschrieben. Ich überfliege die Mitteilungen, die fröhlich anfangen, sich am Ende jedoch nur noch besorgt anhören. Ups.

Meiner Freundin schreibe ich zurück. Jared hingegen rufe ich direkt an.

»Hi«, begrüßt er mich. »Schön, dass du anrufst. Wie war dein Tag?«

»Anstrengend, aber gut.« In wenigen Sätzen gebe ich die Erlebnisse wieder und seufze. Wie schön wäre es, wenn ich mich jetzt zu ihm aufs Sofa setzen und mich in seine Arme kuscheln könnte. Doch stattdessen warten nur kalte Kissen und eine kratzige Wolldecke auf mich.

Am anderen Ende der Leitung ist es still. Erst jetzt fällt mir auf, dass Jared bisher kein Wort zu meinem Tagesbericht gesagt hat.

»Bist du noch dran?«, frage ich.

»Ja, sicher.«

»Ist alles in Ordnung?«

Das unverkennbare Kratzen, wenn er sich über den Bart reibt, ertönt.

»Hmm«, antwortet er.

»Jared, was ist los? Irgendetwas beschäftigt dich doch.«

»Du fehlst mir.« Er lacht künstlich. »Verrückt, oder?«

WIE KANN DAS VERRÜCKT SEIN?

»Nein, gar nicht«, gebe ich leise zurück. »Du fehlst mir auch.«

Wieder Stille. In meinem Bauch macht sich ein merkwürdiges Gefühl breit.

»Du bittest mich aber jetzt nicht, nach Snowflakes zurückzukehren, oder? Ich meine, außer zu Weihnachten.«

Nur ein tiefes Einatmen am anderen Ende der Leitung. Stille. Endlose Stille. Die nicht zu vergehen scheint. Ich halte den Atem an.

»Nein, Catherine«, bestätigt Jared endlich. »Alleine die Euphorie, mit der du mir von deinem heutigen Tag erzählt hast, zeigt mir, wie sehr du dein Leben in Colorado Springs magst.«

Es sind genau die Worte, die ich hören wollte, und doch schleicht sich zu der Erleichterung auch Enttäuschung. Ich verstehe mich selber nicht mehr.

WAS WILL ICH EIGENTLICH?

»Wir telefonieren morgen wieder, ja?«, frage ich mit zärtlicher Stimme.

Jared stimmt zu und dann beenden wir das Gespräch. Nachdenklich schaue ich aufs Display. Es verdunkelt sich und ich starre immer noch darauf.

Verdammt, ich wünschte, es gäbe eine Lösung für uns. Aber da ist keine. Mein Leben ist hier, Jareds in Snowflakes und dazwischen liegt eine Strecke von drei Stunden. Zu viel für eine vernünftige Beziehung. Leider.

Kapitel 22

Auch der Mittwoch verläuft arbeitsreich. Mehrmals bezweifle ich zwischendurch, dass wir die Präsentation noch rechtzeitig fertig bekommen. Was mir ein schlechtes Gewissen macht. Wäre ich nicht so lange in Snowflakes geblieben, müssten wir jetzt nicht so ackern.

Die Gedanken verfliegen jedoch, als ich Jareds Stimme am anderen Ende der Leitung höre. Die Mittagspause ist gleich doppelt entspannend. Was für ihn nicht zu gelten scheint, denn es ist ungewöhnlich laut bei ihm im Hintergrund.

»Was ist bei dir los?«, frage ich verwundert.

»Nur ein zu lauter Fernseher bei einem Hausbesuch«, erklärt er.

»Kannst du dich bei dem Krach überhaupt konzentrieren?«

Er lacht. »Momentan stiehlt mir eindeutig etwas anderes meine Konzentration.« Seine Stimme ist so sanft und zugleich betörend, dass mich ein Kribbeln erfasst.

Wie macht er das nur immer?

Wir wechseln noch ein paar Worte, dann verschieben wir den Rest des Gesprächs auf den Abend. Seine Aufmerksamkeit sollte seinem Patienten gehören und meine richtet sich wieder auf die Unterlagen vor mir.

Am Abend lehne ich mich erschöpft, aber zufrieden, auf dem Stuhl zurück. Mein Chef macht es ebenso.

»Gute Arbeit, Ms. Oatman. Jetzt fehlt nur noch die Verpackung.« Er blickt auf die Uhr.

Ich strecke mich kurz und öffne die Präsentationsvorlage in Power Point, doch Mister White klappt den Deckel meines Laptops herunter.

»Das können Sie morgen Vormittag erledigen.«

Überrascht sehe ich ihn an. Das sind ja ganz neue Töne von ihm. Aufschieben war bisher noch nie sein Ding. Im Gegenteil: Je früher etwas erledigt war, desto besser.

»Was ist?«, fragt er.

»Wer sind Sie und was haben Sie mit meinem Chef gemacht?«

Er zieht die Brauen in die Höhe.

»Entschuldigung«, sage ich schnell. »Das war unangemessen.«

Stirnrunzelnd betrachtet er mich ein paar Sekunden. Jetzt liegt mir ein ›was ist?‹ auf der Zunge, aber ich verkneife es mir. Auch das wäre unangemessen und vielleicht habe ich die Grenze schon überschritten. Mister White ist eigentlich ein netter Kerl, jedoch manchmal sehr sprunghaft, was seine Launen angeht.

Er tippt sich mit dem Finger an die Lippen. »Sie haben sich verändert«, sinniert er. »Liegt das an dem Unfall oder ist da noch etwas anderes?«

Hitze steigt mir in die Wangen und ich suche nach einer passenden Antwort. Mein Liebesleben will ich mit ihm ganz sicher nicht erörtern. Bevor mir jedoch Ausflüchte einfallen, kommt mein Boss mir zuvor.

»Entschuldigen Sie, das war jetzt meinerseits unangemessen. Vergessen Sie die Frage. Ich schätze Ihre Mitarbeit, Ihr Engagement und Ihre Zuverlässigkeit. Daher bin ich mir sicher, dass Sie sich morgen früh um alles kümmern und die Präsentationsfolie rechtzeitig fertig bekommen werden. Gehen Sie nach Hause, Sie haben sich den Feierabend mal wieder mehr als redlich verdient.«

Wow, was für ein Lob.

Als ich später Jared im Videochat davon erzähle, lächelt er.

»Du arbeitest gerne für ihn, oder?«

Ich nicke. »Ja, seit heute sogar noch mehr.«

Mit einem warmen Blick sieht er mir entgegen. »Das ist schön. So soll es sein. Anerkennung und Lob sind wichtig. Ich freue mich für dich, dass du beides bekommst.«

»Und wer lobt dich?«, frage ich mit einem Zwinkern.

»Die Tiere, jeden Tag.«

Na klar. Für ihn ist jeder treue Blick das Größte. Deswegen ist er auch so ein guter Tierarzt.

»Ich freue mich auf morgen«, unterbricht Jared meine Gedanken.

Ja, der Weihnachtsball. Mit ihm tanzen, seine Arme um mich spüren, gemeinsam die Atmosphäre genießen. Darauf freue ich mich, auch wenn es ein kurzes Vergnügen wird, falls ich am Freitag nicht freibekomme. Ein Thema, das ich bisher nicht mit Mister White besprochen habe.

Kurz bevor die Präsentation am nächsten Tag startet, nehme ich all meinen Mut zusammen, um an ihn die entscheidende Bitte zu richten. Er reibt sich nachdenklich das Kinn – sein glattrasiertes, makelloses Kinn. Auf dem keine einzige Bartstoppel zu erkennen ist, die das leichte Kratzen hervorrufen könnte, so wie ich es von Jared gewohnt bin.

»Können wir das nach dem Termin besprechen?«

Ich nicke. Das ist zwar nicht das, was ich hören

wollte, aber es ist zumindest auch kein Nein. Es besteht also noch Hoffnung.

Angespannt verfolge ich in den kommenden zwei Stunden die Präsentation. Sie läuft gut, findet Anklang, ruft zufriedene Gesichter hervor. Am Ende sitze ich da und bin überzeugt, dass kein anderes als Mister Whites Unternehmen den Auftrag einsacken wird. Es wird zwar eine Menge Arbeit auf uns zukommen, wenn das so ist, aber das wird spannend und aufregend werden. Etwas, das mir genau recht kommt, um mich nach Weihnachten von den Marzipankartoffelaugen abzulenken, die ich dann nicht mehr sehen werde.

Als sich die potenziellen Auftraggeber zu Beratungen zurückziehen, nimmt Mister White mich beiseite.

»Das lief gut, finden Sie nicht auch?«, fragt er leise.

»Gut?« Ich schaue ihn mit großen Augen an. »Das war der Hit. Wenn Sie den Auftrag nicht bekommen, weiß ich echt nicht, was Sie noch besser hätten machen können.«

»Wir.« Er lächelt. »Ohne Sie hätte ich das nicht geschafft.«

»Danke.« Mehr bekomme ich in meiner Verlegenheit nicht heraus. So oft von ihm gelobt zu werden, bin ich nicht gewohnt.

»Sie haben wirklich gute Arbeit geleistet, Ms. Oatman. Und wenn wir den Auftrag einsacken, schlage ich vor, dass Sie das Projekt leiten. Was meinen Sie dazu?«

Was ich davon halte? Im Ernst? Am liebsten würde ich ihm um den Hals fallen. Zum Glück schaffe ich es mich zusammenzureißen und es nicht zu tun. Stattdessen setze ich ein professionelles Gesicht auf, während ich versuche meine zitternden Hände zu verbergen. Davon träume ich, seitdem ich den Job angenommen habe, und nun scheint es endlich wahr zu werden. Unglaublich.

»Ich würde nichts lieber tun«, bringe ich krächzend hervor.

Mister White lächelt zufrieden. »Wunderbar. Ach, und Ihr freier Tag morgen geht natürlich in Ordnung.« Er zwinkert mir zu, dann blickt er ungeduldig zu dem Raum, in den sich die Auftraggeber zurückgezogen haben.

Ich hingegen bin noch damit beschäftigt, nicht von Wolke sieben zu fallen.

Eine halbe Stunde vor Beginn des Weihnachtsballes komme ich abgehetzt bei Annie an. Nach der Erteilung des Zuschlags habe ich mit Mister White auf den Auftrag angestoßen und er hat mich ins vorzeitige Wochenende entlassen. Das hätte mir eigentlich genug Zeit verschafft, in Ruhe nach Snowflakes zu fahren, wäre da nicht der immense Schneefall gewesen, der den Verkehr auf dem Highway fast zum Erliegen gebracht hat.

Annie öffnet die Haustür und winkt, kaum dass ich ihren Wagen auf dem Hof abgestellt habe.

»Solltest du dich nicht ausruhen?«, frage ich nach der Begrüßung. »Du bist doch gerade mal ein paar Stunden aus dem Krankenhaus raus.«

Sie drückt mich stürmisch an sich. »Das mache ich, sobald du auf dem Weihnachtsball in den Armen von Jared über die Tanzfläche fegst.«

Ah, schöner Gedanke.

Ich schließe verträumt die Augen und stelle es mir vor. Jedoch holt mich der kalte Wind, der um die Ecke weht, schnell in die Realität zurück.

»Wenn ich das schaffen will, muss ich mich beeilen«, sage ich und löse mich von Annie. »Hilfst du mir bei der Auswahl des passenden Outfits? In der Tasche hier sind ein paar Sachen, die ich in der Eile aus den Umzugskartons gefischt habe.«

Annie nickt und folgt mir ins Gästezimmer. Ihr fröhlicher Gesichtsausdruck verschwindet allerdings mit jedem Teil, das ich hervorhole. Am Ende schlägt sie die Hände über dem Kopf zusammen.

Ich presse die Lippen aufeinander. So schlimm sind die Outfits nun auch wieder nicht. Okay, es ist kein Prinzessinnenkleid dabei, aber ich erinnere mich daran, dass man früher kein Ballkleid gebraucht hat, um hereingelassen zu werden.

»Nichts von dem wirst du tragen«, sagt sie. »Komm

mal mit.«

Stirnrunzelnd folge ich ihr in ihr Schlafzimmer. Dort öffnet sie schwungvoll den Kleiderschrank und holt ein Kleid hervor. Als sie es sich vor den Körper hält, schnappe ich nach Luft.

»*DAS* hier wirst du tragen. Und ich garantiere dir, dass Jared bei deinem Anblick seinen Namen nicht mehr weiß.«

Eine gute halbe Stunde später hält das Taxi vorm Eingang der Stadthalle. Jared wartet dort bereits auf mich und kommt mir entgegen. Ich steige aus, ziehe den Gürtel des langen Mantels stramm, bezahle den Fahrer und blicke zu dem Mann, den ich in den letzten Tagen sehr vermisst habe. Er sieht mich liebevoll an und gibt mir einen Kuss.

»Entschuldige die Verspätung«, hauche ich ihm zu.

»Egal, jetzt bist du ja da … endlich. Bereit?«

Die Frage ruft Erinnerungen wach. Nur gehen wir dieses Mal nicht in die Höhle der Löwen zu den Tieren, sondern auf einen Ball. Ich nicke und lege meine Hand in seine. Gemeinsam stapfen wir durch den frisch gefallenen Schnee zum Eingang. Im Vorraum ziehe ich die Stiefel aus und schlüpfe in die hochhackigen Pumps, die ich mitgebracht habe. Dann sehe ich Jared an und öffne den Wintermantel. Als ich den Stoff langsam über die Schultern gleiten lasse, weiten sich seine Augen.

»Halleluja«, sagt er voller Staunen.

Yeah, das Kleid ruft tatsächlich den Effekt hervor, den Annie versprochen hat. Es ist schwarz, bodenlang, elegant und sieht im ersten Moment züchtig aus. Als ich mich jedoch drehe, enthüllen hohe Beinschlitze und ein tiefer Wasserfallrücken viel Haut. Haut, die unter Jareds Blick zu prickeln beginnt.

»Du siehst atemberaubend aus«, flüstert er.

Ich drehe eine weitere Pirouette, lasse meine Haare, die in weichen Wellen über meine Schultern fallen, mitschwingen. Mit den dunkelrot geschminkten Lippen hauche ich ihm dabei einen Luftkuss zu, den er auffängt und zurückfliegen lässt.

»Dein Outfit ist auch nicht zu verachten«, antworte ich lächelnd.

Der dunkelgraue Nadelstreifenanzug mit der blauen Weste und der farblich abgestimmten Krawatte steht ihm hervorragend. Die schwarzen Lederschuhe sind poliert und glänzen mit seinen strahlenden Marzipankartoffelaugen um die Wette.

Nachdem wir unsere Mäntel und meine Stiefel an der Garderobe abgegeben haben, legt Jared eine Hand in meinen Rücken und führt mich in den Ballsaal. Ich kann mich angesichts der zarten Berührung kaum auf die Anwesenden konzentrieren. Wenn er sie noch ein wenig tiefer gleiten lässt, gehe ich augenblicklich in

Flammen auf.

»Wollen wir erst etwas trinken oder möchtest du dich gleich auf die Tanzfläche begeben?«, fragt er dicht an meinem Ohr. Sein warmer Atem, der hauchzart über meine Wange gleitet, schürt die Glut in mir weiter.

»Erst an die Bar«, gebe ich leicht krächzend zurück. Ich brauche dringend einen Drink, der das aufkeimende Feuer in mir löscht.

Die Bar ist gut besucht, doch wir können noch zwei Hocker am Tresen ergattern. Am anderen Ende des Saals spielt die Band einen langsamen Song. Die stimmungsvollen Töne sättigen das Stimmengewirr um uns herum. Ich atme tief durch, lasse die Atmosphäre auf mich wirken.

Der Ballsaal ist weihnachtlich geschmückt, aber nicht überladen. Die dunkelgrünen Tannenzweige mit den roten Schleifen und goldenen Kugeln reihen sich geschmackvoll in die vergoldeten Kronleuchter ein, die von der Decke hängen. Lichterketten ergänzen den gedämpften Schein der kerzenförmigen Glühbirnen und tauchen den Raum in ein warmweiches Licht. In den Ecken stehen weihnachtliche Figuren. In der ersten ein Weihnachtsmann mit dickem Bauch, rotem Mantel, weißem Rauschebart und einem gefüllten Jutesack über der Schulter. Ein Rentierschlitten in der nächsten, auf den ein Berg Geschenke liegt. Eine Ecke weiter wacht ein Weihnachtsengel mit goldenen Flügeln, blondem Haar und einem weißen Gewand über das Geschehen. Und in der letzten Ecke wurde ein festlich geschmückter deckenhoher Weihnachtsbaum aufgestellt.

»Gefällt dir die Dekoration?«, erkundigt Jared sich, der meinen umherschweifenden Blick richtig gedeutet hat. Nachdem ich genickt habe, reicht er mir ein Glas Champagner und hebt seines zum Toast. »Auf einen wundervollen Abend mit einer atemberaubenden Frau.«

Die Gläser klirren, als wir sie aneinanderstoßen. Ich nehme einen großen Schluck des gekühlten Getränks, dessen Perlen auf der Zunge prickeln.

»Wann kommt denn diese Frau, von der du da sprichst?«, frage ich mit einem kecken Augenaufschlag. »Die würde ich zu gerne kennenlernen.«

Jared lacht und beugt sich zu mir. Ein zarter Kuss mit seinen warmen Lippen an meinem Mundwinkel lässt mich verzückt die Augen schließen.

»Die ist bereits an meiner Seite und ich hoffe, dass sie dort für immer bleiben wird.«

Ich erstarre augenblicklich. Mist. Er erwartet doch nicht etwa, dass ich nach Snowflakes zurückkehre?

»Was ist?«, fragt er verwundert und nimmt den Kopf zurück, um mir in die Augen sehen zu können. Stirnrunzelnd betrachtet er mich. »Du siehst … schockiert aus.«

»Ehrlich gesagt, bin ich das auch«, japse ich. »Ich soll an deiner Seite bleiben?«

»Ja.« Er zwinkert mir zu. »Ist das so unvorstellbar für dich? Mir haben die letzten Tage gezeigt, was mir fehlt, wenn du nicht da bist.«

Er streicht mir eine Strähne hinters Ohr. Die sanfte Berührung vernebelt mir das Gehirn. Was vielleicht ganz gut ist, da die Gedanken ansonsten wild kreisen und mich noch mehr durcheinanderbringen würden.

»Hey.« Er haucht mir einen Kuss auf die Wange. »Ich weiß, es ist verrückt, weil wir uns erst wenige Tage kennen. Aber können wir es nicht wenigstens versuchen? Schauen, wohin es uns bringt?«

Ja, zu gerne. Wäre da nur nicht das Problem der Entfernung.

Ich zwinge mich zu einem Lächeln, bringe keinen Ton heraus, will diesen magischen Moment nicht zerstören. Es könnte alles so schön sein. Doch das bedeutet, die berufliche Chance, die sich mir heute eröffnet hat, in den Wind zu schießen.

»Okay, das war vielleicht etwas schnell«, unterbricht Jared meine Gedanken. Er nimmt mir das Champagnerglas aus der Hand und stellt es zusammen mit seinem ab. Dann umfasst er meine Finger und zieht mich vom Hocker herunter. »Lass uns tanzen.«

Dankbar, dass wir das Thema vorerst aufschieben,

folge ich ihm. Auf der Tanzfläche stellt er sich dicht vor mich und legt die freie Hand in meinen Rücken.

»Entspann dich«, raunt er mir zu, bevor er anfängt, sich im Takt der Musik zu bewegen.

Es ist einfach, sich auf seine Schritte einzulassen. Wir schweben über das Parkett mit ineinander verschmolzenen Blicken. Seine Frage gerät mit jeder gespielten Note mehr und mehr in den Hintergrund. Bis ich nur noch den Moment und seine Nähe genieße. Drei Lieder lang funktioniert das wunderbar, doch als die Band eine Pause einlegt und Jared mich von der Tanzfläche führt, gräbt sich das Problem wieder aus der hintersten Ecke meines Gehirns hervor. Ein Problem, für das ich keine Lösung parat habe.

Ich lehne mich an die Wand und sehe Jared hinterher, der sich auf den Weg macht, um unsere Gläser zu holen. Als er damit zu mir zurückkehrt, zieht sich mein Magen krampfhaft zusammen. Jetzt muss ich eine Entscheidung treffen. Eine, die entweder meine beruflichen Träume zunichtemacht oder den Mann, den ich so sehr ins Herz geschlossen habe, enttäuschen wird.

»Catherine, ich weiß, dass du nicht nach Snowflakes zurückkehren möchtest«, kommt Jared sogleich auf das Thema zurück.

»Das stimmt«, antworte ich leise. »Aber vielleicht tue ich es trotzdem. Für dich …«

Er hebt überrascht eine Braue. Seine Fingerspitzen legen sich an meine Schläfe, fahren zärtlich mein Gesicht herunter, den Hals entlang, bis zu meinem Brustbein. Ein wohliger Schauer durchfährt mich.

»Es freut mich, das zu hören«, raunt er mir zu. »Aber was ist, wenn du das gar nicht musst?«

Jetzt bin ich es, deren Augenbraue sich steil nach oben zieht. »Nicht?«

»Nein.« Er küsst sich meinen Hals entlang. Langsam, Stück für Stück, immer weiter nach oben, bis zu meinem Ohrläppchen, in das er zärtlich beißt, bevor er mich wieder ansieht. »Erinnerst du dich daran, wie laut es im Hintergrund war, als wir gestern telefoniert haben?«

Ich nicke, obwohl ich nicht verstehe, was das mit dem zu tun hat, worüber wir gerade sprechen.

»Das war kein lauter Fernseher bei einem Hausbesuch.« Seine Mundwinkel verziehen sich zu einem Grinsen. »Sondern der Verkehrslärm von Colorado Springs.«

»Du warst in Colorado Springs?«, frage ich erstaunt. »Warum?«

Jedenfalls nicht, um mich zu sehen, stelle ich irritiert fest.

»Um mich bei einer Tierarztpraxis einzukaufen, die in vier Monaten einen neuen Teilhaber benötigt.«

Mir klappt die Kinnlade herunter. »Du verlässt

Snowflakes?«

Er stupst meine Nasenspitze an. »Ganz genau.«

»Für mich?«

»Nicht ganz. Für *UNS*.«

In meinem Kopf dreht sich alles, die Knie werden mir weich. Doch dieses Mal ist kein Sturz schuld daran, sondern die überschwängliche Freude, die durch mich hindurchrauscht. Ich falle Jared um den Hals, ignoriere den Champagner, der aus dem Glas schwappt, und stoße einen Jubelschrei aus.

»Wow, das ist toll.«

Er drückt mich an sich und ich spüre seinen Herzschlag an meiner Brust. Seiner rast ebenso wie meiner.

»Glaubst du, wir kriegen es für vier Monate hin, uns nur an den Wochenenden zu sehen?«, fragt er.

Ich löse mich ein Stück von ihm, sodass wir uns wieder in die Augen schauen können. Unsere Blicke verschmelzen ineinander und es ist klar, dass es auf diese Frage keine weitere Antwort mehr braucht.

Langsam beugt Jared sich zu mir und verschließt meinen Mund mit einen langen, leidenschaftlichen Kuss, der uns beiden den Atem raubt. Ein von allen Problemen befreiter Kuss, der in eine wundervolle gemeinsame Zukunft weist.

Epilog

Gute vier Monate später hebt Jared einen der letzten Umzugskartons an. Er pustet den Staub von der Pappe und sieht mich augenzwinkernd an.

»Wieder einer, den du nicht ausgepackt hast?«

Ich nicke lächelnd. Ja, wozu auch? Nachdem klar war, dass Jared nach Colorado Springs kommt und meine Wohnung zu klein für uns beide ist, habe ich mich nicht mehr häuslich eingerichtet, sondern quasi aus offenen Kartons gelebt. Aber das ist jetzt vorbei. In der geräumigen Wohnung am Stadtrand in der Nähe der Tierarztpraxis, an der Jared einen Anteil erworben hat, wird alles seinen Platz finden.

Noch immer kann ich nicht glauben, wie sich alles entwickelt hat. Während ich dachte, meine Karrierechance und eine Beziehung zu Jared wären nicht vereinbar, hat er gehandelt und die Kombination möglich gemacht. Da die Nichte von Doktor Stanton eh bald mit ihrem Studium fertig ist und Jared die Praxis in Snowflakes dann an sie übergeben hätte, war die Entscheidung für ihn nicht so schwer, als sie es umgekehrt für mich gewesen wäre. In den vergangenen vier Monaten haben wir uns so oft gesehen, wie es ging. Jede Begegnung war ein Funkenflug an Gefühlen, der immer in einem heißen Feuer endete, das ich nicht mehr missen möchte.

»Hey, woran denkst du?« Jared hat von hinten die Arme um mich gelegt und fährt mit der Nasenspitze meinen Hals hinauf. »Trauerst du der Wohnung doch hinterher?«

Ich drehe mich um und küsse ihn zärtlich. »Nein, aber ich werde meinem verrückten Nachbarn ewig dankbar für seinen chemischen Versuch sein. Er hat mir den Hauptgewinn beschert.«

Jared grinst. »So groß war die Entschädigung, die du von der Versicherung bekommen hast, doch gar nicht.«

Lachend boxe ich ihm auf den Oberarm. »Es gibt Dinge, die sind nicht in Gold aufzuwiegen. Ich liebe dich.«

»Ich liebe dich auch, Cat«, antwortet er mit strahlenden Augen. Langsam legt er seine Lippen erneut auf meine, weckt die Schmetterlinge in meinem

Bauch, die seit über vier Monaten nicht zur Ruhe kommen.

Ein aufgedrehtes Gebell lässt uns einen Moment später auseinanderstieben. Sammy trippelt aufgeregt zwischen Jared und mir hin und her. Ich nehme ihn hoch und streichle ihm über den Kopf.

»Hi, mein Kleiner. Da bist du ja. Wo hast du denn Annie gelassen?«

»Ich bin hier«, antwortet diese prompt und betritt den Raum.

»Annie!«, rufe ich aus, übergebe Sammy an Jared und breite danach die Arme aus, um meine Freundin zu begrüßen.

Wir umarmen uns, als hätten wir uns jahrelang nicht gesehen. Dabei war ich erst vor zwei Wochen das letzte Mal in Snowflakes. Trotzdem ist jedes Wiedersehen ein Fest. Wir wissen einfach, wie tief unsere Freundschaft ist, seitdem wir uns gegenseitig ›gerettet‹ haben.

Nachdem ich Annie wieder freigegeben habe und sie Jared ebenfalls begrüßt hat, sieht sie sich in der fast leeren Wohnung um.

»Gut, dass du hier rauskommst. In den paar Quadratmetern wärst du nie glücklich geworden.«

Keine Ahnung, ob sie recht hat. Ich weiß nur, dass ich jetzt nicht glücklicher sein könnte. Vor allem, da wir nun komplett sind. Als ich Jared den Shih Tzu wieder abnehme, reibt Sammy wie immer seinen Kopf an meiner Brust. Annie sieht ihn liebevoll an.

»Ich werde den kleinen Racker vermissen«, sagt sie. »Aber bei euch wird er es gut haben.«

»Auf jeden Fall«, bestätige ich glücklich. »Mein Boss hat nichts dagegen, wenn ich ihn mit ins Büro nehme, und in der Tierarztpraxis wird er auch mit offenen Armen empfangen.«

Jared nickt.

Annie betrachtet lächelnd, wie ich Sammy im Nacken kraule. Plötzlich verziehen sich ihre Lippen zu einem Grinsen.

»Weißt du noch, wie er am ersten Tag in die Küche gekommen ist?«, fragt sie.

Ich lache. »Oh ja, ich konnte gar nicht schnell genug hinter einem Stuhl in Sicherheit gehen.«

»Kaum zu glauben, wenn man euch jetzt so betrachtet.« Jared sieht liebevoll zwischen Sammy und mir hin und her. Am Ende bleiben seine Marzipankartoffelaugen an mir hängen. Unsere Blicke verhaken sich ineinander, lassen sich nicht mehr los – so wie unsere Herzen es auch bereits getan haben.

Ja, mein Leben ist inzwischen perfekt. Dank der besten Freundin, die man haben kann; einem kleinen Hund, der mir die Angst genommen hat; und einem Mann mit Marzipankartoffelaugen, der sich schon bei unserer ersten Begegnung in mein Herz geschlichen hat.

ENDE

P.S.

Du kannst mich auch auf Amazon abonnieren, dann wirst Du automatisch über Neuerscheinungen von mir informiert. Einfach unter meinem Autorenfoto auf »Folgen« drücken.

https://www.amazon.de/Mareile-Raphael/e/013YHRU08/

Extra E-Book im Newsletter

Abonniere unter
www.mareileraphael.de/newsletter.html
meinen Newsletter unter Angabe Deiner E-Mail-Adresse, dann wirst Du über neuen Lesestoff informiert und erfährst Neuigkeiten über mich. Zudem erhältst Du obendrein das unveröffentlichte E-Book *»Checklist for love«*.

Jetzt Newsletter abonnieren und E-Book sichern!

Nachwort

Auch diese Geschichte ist schon wieder vorbei. Hoffentlich hat sie Dir gefallen. Ich würde mich unendlich freuen, Deine Meinung zu erfahren. Gerne als Rezension oder über meine Kontaktdaten, die ganz hinten im Impressum stehen. Es muss nicht ausführlich sein, ein paar Worte reichen aus.

>> **Bewertung zum Buch abgeben** <<

Eine Übersicht meiner Romane findest Du auf der Autorenseite von Amazon. Wie bereits erwähnt, kannst Du mich dort auch direkt abonnieren.

https://www.amazon.de/Mareile-Raphael/e/B013YHRU08/

Danke, dass Du bei dieser Story dabei warst.

Deine Mareile

Herzensprojekt

August 2021 habe ich ein weiteres Herzensprojekt von mir veröffentlicht.

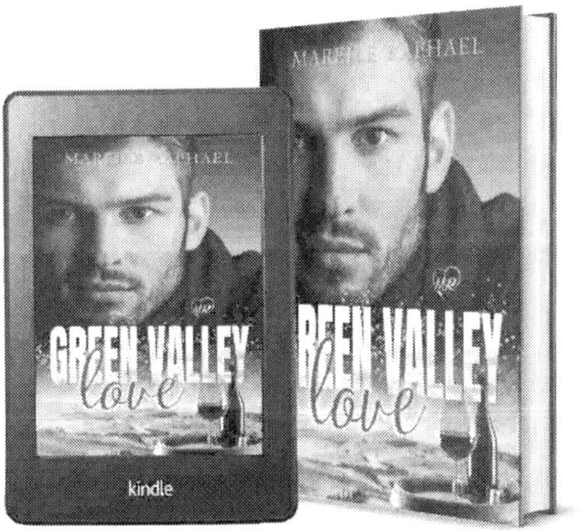

In der Geschichte geht es um Camille, die ihr Leben von Grund auf ändert, nachdem sich alles von einem Tag auf den anderen dramatisch geändert hat und sie ohne den geliebten Mann an ihrer Seite dasteht.
Sie zieht in die Nähe von New York in das Weinanbaugebiet Green Valley und lernt dort den charismatischen Kyren kennen. Die beiden verlieben sich ineinander, doch sehr schnell müssen sie um ihre Liebe kämpfen, als die Vergangenheit sie einholt.

Selbstverständlich gibt es den Roman auch als Taschenbuch und Hardcover.

E-Book und Taschenbuch sind in allen Shops erhältlich. Die Hardcoverausgabe nur bei Amazon.

Ich würde mich freuen, wenn Du der Story eine Chance gibst, denn sie steckt voller Herzblut.

Green Valley Love

Snowflakes Romance

Verschiedene Autorinnen – verschiedene abgeschlossene Geschichten

Gleicher Ort des Geschehens – einzelne gleiche Szenen aus verschiedenen Perspektiven

»(Tier-)Liebe auf Rezept« ist der siebte Band der Reihe *»Snowflakes Romance«* die ich zusammen mit Marit Bernson ins Leben gerufen habe. Bei den Geschichten handelt es sich um in sich abgeschlossene Geschichten, die in dem romantischen Örtchen Snowflakes spielen. Man kann sie unabhängig voneinander lesen, obwohl es Szenen gibt, die sich überschneiden und aus verschiedenen Perspektiven erzählt werden.

Der achte Band der Reihe – geschrieben von Marit Bernson – erscheint demnächst.

Danksagung

Der Dank geht wieder an alle, die mich bei diesem Projekt begleitet haben. Meine wunderbare Lektorin, die mir stets schon lange vor dem ersten Wort mit Rat und Tat zur Seite steht. Meine Testleserinnen, die wie immer die Deadline eingehalten haben. Hier möchte ich einen besonderen Dank an Sandra und Lilli aussprechen, die nicht nur eine Menge Fehler herausgefischt, sondern dem Text an der einen oder anderen Stelle den letzten Schliff gegeben haben. Und natürlich danke ich auch meiner Korrektorin, die immer am Ende noch mal auf Fehlersuche geht.

Das wunderbare Cover wurde von Sabine von Benisa-Werbung gezaubert, der ich ebenfalls ganz herzlich danken möchte.

Weitere Weihnachtsromane

Weihnachtszauber im Schnee

Liebessoufflé
zu
Weihnachten

Investition in die Liebe

Erinnere dich an die Liebe

Impressum

Mareile Raphael
c/o JENBACHMEDIA
Grünthal 109
83064 Raubling

Tel: 0151 / 742 481 92

Homepage
www.mareileraphael.de

Facebook
https://www.facebook.com/mareile.raphael

E-mail
mareile (at) mareileraphael.de